傀儡师

[日] 芥川龙之介 著

陈道竞 译

重庆出版集团 重庆出版社

图书在版编目（CIP）数据

傀儡师／（日）芥川龙之介著；陈道竞译． — 重庆：重庆出版社，2023.7
ISBN 978-7-229-17774-4

Ⅰ．①傀… Ⅱ．①芥… ②陈… Ⅲ．①短篇小说－小说集－日本－现代 Ⅳ．①I313.45

中国国家版本馆CIP数据核字（2023）第121104号

傀儡师
KUILEISHI
[日] 芥川龙之介 著　陈道竞 译

丛书策划：李　子
责任编辑：李　子　李　梅
责任校对：朱彦谚
装帧设计：荆棘设计
版式设计：侯　建

重庆出版集团
重庆出版社　出版

重庆市南岸区南滨路162号1幢　邮政编码：400061　http://www.cqph.com
重庆天旭印务有限责任公司印刷
重庆出版集团图书发行有限公司发行
E-MAIL:fxchu@cqph.com　邮购电话：023-61520646
全国新华书店经销

开本：787mm×1 092mm　1/32　印张：6.625　字数：150千
2023年8月第1版　2023年8月第1次印刷
ISBN 978-7-229-17774-4
定价：35.00元

如有印装质量问题，请向本集团图书发行有限公司调换：023-61520678

版权所有　侵权必究

目录

袈裟与盛远 1

枯野抄 15

西乡隆盛 31

地狱变 53

邪宗门 101

洛伦佐之死 177

蜘蛛丝 193

路西法 199

袈裟与盛远

上

夜晚,盛远在围墙外,一边远望月亮,一边踩着落叶,陷入了沉思。

独白

"月亮已经出来了。以前我总是盼望明月当空,唯独今天的月光令我说不清地害怕。一想到过去的自己将在一夜间消失,明天起就要成为不折不扣的杀人犯,我的身体就颤抖起来。想想这双手被血染红的那一刻。那时的我,在自己眼中会是多么可憎啊!况且,要是杀的是我仇恨之人,也就不致如此于心难安了。偏偏今夜我必须杀死的,是我并不记恨的男人。

"我以前就见过这个男人。而他的名字——渡左卫门尉,是通过这次的事情才知道的。记忆中他长着一张就男人而言过分柔和的白净脸庞,这种印象又是什么时候留下的呢?当我得知他是袈裟的丈夫时,一时间确实感到颇为嫉妒。但那种嫉妒如今已从我心上不留痕迹地彻底消失了。所以,渡对我来说虽是情敌,却既不可憎,也不可恨。不,倒不如说,我很同情这个男人。从衣川那里听说渡为了迎娶袈裟费了多少心力的时候,我甚至觉得这男人有些可爱。据说渡一心想娶袈裟为妻,为此还特意练习创作和歌①。光是想象一下那正经八百的武士写出的恋歌,我的嘴角就不知不觉浮现出微笑。不过,这不是嘲讽的微笑。只觉得这个男人为了向女人献殷勤竟能做到这种地步,真是惹人怜爱;或者说,这男人对我所爱之人大献殷勤的一片痴心,给作为情夫的我带来了某种满足。

"可是,我对袈裟真爱到了如此程度吗?我跟袈裟之间的恋爱,分为当下及过去两个阶段。在袈裟嫁给渡之前,我就已经爱上了她,或者说我以为自己爱上了她。不过,如今看来,当时我的情感中包含了不少并不纯粹的东西。我想从袈裟那里得到什么?还是童男的时候,我想要的显然是袈裟的身体。要是说得夸张一些,我对袈裟的爱本身,实际上不过是美化这种欲望的感伤心境罢了。我这么说是有证据的:确实,与袈裟断绝交往后的三年时间里我一直无法将她忘怀,可如若在此之前我占有了她的身体,还会如此念念不忘吗?很惭愧,我没有给出肯定回答的勇气。后来我

---

① 日本的一种诗歌,受汉诗影响发展起来,有长歌、短歌、旋头歌、片歌、连歌等多种形式。——译者注

对袈裟的留恋之中，很大程度上掺杂了未能尝到她身体的不甘。于是，怀着这种苦闷，我跟她最终变成了如今这种令我害怕又期待的关系。那么现在呢？我又扪心自问，我真的爱袈裟吗？

"不过，在回答这个问题之前，虽说并非出于本愿，但还是有必要回忆一下事情的经过：渡边桥建成后举办法事之时，我在偶然间遇到了阔别三年的袈裟。此后大概半年的时间里，为创造机会与她幽会，我用尽了一切手段，最终成功与她相见。不，何止是成功见面，我还梦想成真，占有了她的身体，但当时支配着我的，不单单是前面所说的不识其软玉温香的不甘。当我跟袈裟坐在衣川家房间的草席之上时，发现这种不甘之情不知何时已然淡化。当时我已不是处子之身，这一点在那种情景下的确有助于我抑制自己的欲望。但更主要的，是因为她已经翠消红减。事实上，眼前的袈裟已经不是三年前的袈裟。她的皮肤完全失去了光泽，眼睛周围有一圈浅浅的黑晕，过去贴在脸颊附近和下巴下面饱满的肉，令人不可置信地悉数不见了踪影。唯一不变的，可能就是那双水汪汪充满活力、黑眼仁很大的眼睛。这些变化于我的欲望而言，着实是种可怕的打击。我至今还清楚记得，时隔三年第一次与她面对面时，感受到了一种剧烈的冲击，甚至连视线都无法在她身上停留……

"那么，对她并没那么留恋的我，为何会与她发生关系？首先，有一种莫名的征服欲在驱动着我。袈裟面对我的时候，故意夸张地把她对丈夫渡的爱意讲了出来，而我对此只感到某种空虚。'这女人在吹嘘自己的丈夫。'我这么想，'或许这种表现也是出于不愿让我怜悯她的反抗之心。'我转念又想。与此同时，想要揭穿这个谎言的欲望越发强烈地驱使着我。不过，要问我为何觉得那是谎言，若说这是出于我的自恋，我确实无可辩驳。尽管如此，我那时便相信这是一个谎言，直到现在还坚信不疑。

"然而，当时左右我的，不仅仅是征服欲。除了这一点——光是说到这里我就已经要面红耳赤了。除此之外我还被纯粹的情欲支配着。并非是未曾得到她的不甘，而是更龌龊的、不以她为特定对象的只为欲望的欲望。恐怕买春的男人都不及当时的我下作。

"总之，出于上述的种种动机，我最终与袈裟有了肌肤之亲。更确切地说，是我辱没了袈裟。现在再回到最开始提出的问题——我究竟爱不爱袈裟？事到如今即便是自问自答也没有再提此问的必要了。毋宁说，她有时甚至会让我感到憎恶。尤其云雨过后我勉强抱起哭倒在地的袈裟，她看上去比寡廉鲜耻的我还要不知廉耻。不管是她垂下的乱发，还是汗脸上的妆容，无一不透露出她内心和身体的丑陋。若是在此之前我曾爱着她的话，这份爱在那天便永远消散了。或者也可以说，倘若至今为止我不曾爱过她的话，从那天起我的心中便对她生出了新的憎意。啊，今晚我不就要为我根本不爱的女人，去杀我根本不恨的男人吗？！

"此事不能怪罪在任何人头上，是我毫无顾忌地亲口提出的。'我们杀了渡吧。'想到我曾贴在她耳边低声说出这句话，连我都怀疑自己是不是疯了。但是，我确实低低地说出了这一句。想着不能说，我都咬紧了牙关，却还是向她低语。我为何想说出此话？如今回想起来百思不得其解。但非得给出一个解释的话，我越是鄙视这个女人，越是觉得她可恶，就越是遏制不住地想要凌辱她。只有杀掉渡左卫门尉——袈裟曾夸耀有多热爱的这个丈夫,并且不容分说地让她对此表示同意,才能达到我的目的。因此,我就像噩梦缠身的人一样,硬是劝她接受一个我根本不想实施的杀人计划。然而,如果说我出言要杀死渡的动机不够充分,那么剩下的只能解释为人类未知的力量(说是魔王波旬①也行)引诱我的意志堕入了邪道。总之,我极其固执地几次三番在袈裟的耳边低语着同样的话。

"未几,袈裟忽然抬起头,顺从地答应了我的提议。可让我感到十分意外的,不仅是她的答复给得如此轻易,从袈裟的脸上,我还看到她眼中透出了一种迄今为止从未见过的奇特光辉。'奸妇',我当即想到了这个词。同时,一种类似失望的心境,骤然在我眼前展现出了这个提议的可怕。在此期间,那女人淫荡、枯槁的形容所引起的厌恶之情在不断地折磨着我,这一点当然没必要再特意说明了。如果可以的话,当场我就想打破自己的承诺,就此将那不贞的女人推入

---

① 印度佛教中的魔王,常常扰乱佛祖及诸弟子的修行。——译者注

所谓耻辱的深渊之中。如此一来，即便我玩弄了这个女人，我的良心兴许还能拿这番义愤之情当成挡箭牌。可我实在是没那么游刃有余。她仿佛看穿了我的心思。突然变了表情的袈裟死盯着我看的时候，我坦言，我之所以落得个约好杀死渡的日期和时间的下场，完全是因为害怕万一拒绝的话会遭袈裟报复。不，即便此时，这种恐惧仍旧不依不饶地揪着我的心。想笑我胆小的人，尽管笑吧。那是因为你没看到过那时那刻的袈裟。'假使我不杀了渡，即使袈裟自己不动手，恐怕我也一定会死在这个女人的手里。与其这样不如由我来杀了渡。'看着她不流泪干哭的眼睛，我绝望地这么想。我发过誓后，见到袈裟苍白脸上挤出一个酒窝并垂眼笑了开来，这恰恰印证了我所忌惮之事。

"啊，就因为那个该死的约定，我污迹斑斑的心灵上如今又要加一条杀人的罪过。如果今晚我没有守住约定，定然会招致不堪承受的后果。一方面因为我已起誓在先，另一方面我说过我惧怕遭到复仇。这一点决计不假，但除此之外还有别的原因。是什么呢？逼着怯懦的我去杀无辜男人的巨大力量是什么？我并不清楚。虽不清楚，但莫非——不，没这种事。那个女人让我鄙视、让我恐惧、让我憎恨。可即便如此，也许是因为我仍然，仍然深爱着她。"

盛远继续踟蹰着，不再开口。月色灼灼。不知何处传来歌声，唱着时兴的歌曲：

> 世间人心皆如是，无明黑暗了无异。
> 烦恼之火徒燃烧，生命何时不消逝。

下

夜晚，袈裟在帐台①外背对烛台光线，咬着袖子陷入沉思之中。

独白

"那人来还是不来呢？我想总不至于不来吧，可

---

① 日本贵族用来坐卧的方形台，四面悬挂帷幔，顶上设有透光纸窗。——译者注

就快月下中天了还没听到脚步声,会不会是突然改主意了?倘若不来的话——唉,我这娼妇一般羞耻的嘴脸,又得暴露在光天化日之下。我怎可能做出如此厚颜无耻的离经叛道之事呢?到那时,我跟被弃置路旁的尸体就真的别无两样了。被羞辱和践踏之后,自己的耻辱再被没羞没臊地公之于世,即便如此还得像哑巴一样不言不语。万一果真如此,我就算死也不能瞑目。不,不会的,那个人一定会来的。自从上次与那人分别之际端详过他的眼睛之后,我就不由得这么想。他惧怕我。他恨我、蔑视我,尽管如此他还是惧怕我。不错,要是我以自身相求,那人未必前来。但我押上的是那个人,是那人的利己之心。确切地说,我所相信的是因利己心而萌生的不堪的恐惧。所以我敢说,那人一定会潜进来的……

"但是,我不再能依凭自身了,这是多么可悲啊。三年前,我自己、我的美貌可是比什么都靠得住。与其说是三年前,毋宁说是到那天为止更接近现实吧。那天,在伯母家的房间里与那人相见的时候,我只看一眼,就看清了他心中映出的自己是多么丑陋。那人若无其事，说了许多引诱我的温柔情话。可女人一旦知晓了自己的丑陋，又怎会因几句甜言蜜语感到宽慰？我只是心有不甘，惶恐又悲切。那时的心境，远比孩提时代被乳母抱在怀里见到月食的时候更令人煎熬。我曾经怀揣着的色彩斑斓的梦想，霎时间尽数幻灭。剩下的，只有几近黎明在雨中破晓时的落寞，无声息地将我包围。最终，我还是将因落寞而震颤、活死人一般的身体交给了那个人，给了那个我不爱的，那个嫌恶我、藐视我的好色之人。可能是因为我忍受不了自身丑陋被推到眼前的落寞吧，于是我把脸贴在他胸脯上，要用忘乎所以的瞬间欺瞒住一切。若非如此，难道我也跟那人一样，不过是听从了污秽内心的驱使？光是这种想法就让我羞耻！羞耻！羞耻！尤其是离开那人的怀抱重归自由之躯时，我觉得自己多么轻贱啊！

"由于愤懑和落寞，我不断告诉自己不能哭，但泪水还是止不住地溢出眼眶。然而，我难过的不只是失却贞操一事。最让我痛苦的，是丢了贞操的同时还被轻侮这一点，如同染上麻风病的狗，不仅被人厌弃还要遭受欺侮。那之后我究竟做了什么？现在想来，就像久远的记忆一般模模糊糊。只记得,在我抽泣之时那人的胡子贴到我耳边,呼着热气对我低声说道:'我们杀了渡吧。'听了他的话,我的心莫名地昂扬起来,其中缘由至今连我自己都无法解释。昂扬?月光的皎洁,或许也是一种昂扬的表现。可我所感受到的昂扬,与月之皎皎又全然不同。但是,这句令人毛骨悚然的话,不还是让我获得了慰藉吗?啊,我呀,女人这种生物呀,即便要杀死自己的丈夫,不还是会因为有人爱着自己而欢欣不已吗?

"我怀着好似夜月朗朗一般孤寂与昂扬交错的心境,又接着哭泣了一阵。然后?然后呢?回过神来的时候,我已经引着那人做出了谋杀丈夫的约定。可是,约定一成,我就想到了自己的丈夫。说实话这是那天头一次想到他。在此之前,我满心里装的只有我自己,遭到羞辱的我自己的事情。到了这时竟想到了我的丈夫、那个腼腆的丈夫——不,不关我丈夫的事。丈夫那张跟我说话时笑盈盈的脸,清清楚楚地出现在我眼前。想起这张脸的那一刹那,恐怕也是我的计策顿然浮现胸中的时刻。要说为何出此计策,因为那时我已经做好了赴死的准备。如此一来又让我下定了决心，不失为快事一件。可当我停住哭泣抬头望向那人的时候，像方才一样，再次看到他心中的自己有多么丑陋，喜悦之情转瞬间荡然无存。此情此景又让我想到了跟乳母一起看月食时的黑暗，像是把埋藏在喜悦深处的各色怪物一齐释放了出来。我想替丈夫去死，是不是因为爱我的丈夫呢？不、不是的，我搬出这种顺水推舟的借口，是为了替自己委身于人赎罪。没有自杀勇气的我，带着卑劣之心的我，想让自己在世人眼中显出哪怕多一点点的纯善。光是如此犹可宽宥，而我实则更卑鄙，远比此更丑恶。我打着替夫献身的名义，要做的难道不是向那人的憎恶、蔑视以及玩弄我的邪情恶欲复仇吗？其证据是，当我看到他的脸庞时，连那种月光似的莫名的昂扬之情都消退了，徒留哀伤顷刻间冰封了我的心。我不是为丈夫牺牲，我是为了自己赴死，为了心灵被刺伤的不甘以及身体被玷污的悔恨这两重原因而死。唉，我生且毫无意义，连死也不得其所。

"但就算是枉然的死亡，也千倍万倍好过苟活着。

我压下悲伤,挤出微笑反复与他做着弑夫的约定。那人的感觉如此灵敏,从我说的话语里应当能大致猜测到,万一他没能信守诺言我会有何举动吧。这么说来,那人都发过誓了,没有不偷摸进来的道理。那是风声吧!想到那日以来的痛楚终于要在今晚有个了断,我不禁心头一宽。明天的太阳,定会在我断了头的尸体上,投下微寒的日光。见此情状,丈夫他——不,不想丈夫的事情了,他是爱我的。可对于这份爱,我终究是无能为力。从始至终我都只爱一个男人。而这个男人,今晚就要来杀死我。在我这个被恋人凌虐至此的人眼里,连这烛台洒下的光芒都如此绚丽。"

袈裟吹灭了烛光。少顷,黑暗中传来细微的推窗声。与此同时,淡淡的月光倾泻了进来。

大正七年(1918年)三月

枯 野 抄

召丈草、去来，昨日一夜无眠，忽有一句念中生，遂令吞舟誊录，二位何妨各咏之。

旅中病榻缠绵，梦里枯野驰骤。

——《花屋日记》①

---

① 江户后期的俳谐书，冒充成一本收录著名俳人松尾芭蕉及其门生手记与信件的集子，实则为作者薫井文晓的虚构作品。——译者注

元禄七年（1694年）十月十二日的午后。一时间被朝霞烧红的天空，眼看着又要像昨天那样下起阵雨，吸引着大阪商人惺松的睡眼望向远处的瓦屋顶。幸而掉光了树叶的柳梢并未隐入烟雨迷蒙之中，没多久阴沉的天色就透出微光，重返了冬日白昼的宁静。在林立的商铺间似流非流的河水，今天也垂头丧气失却了光泽。不知是不是心理作用，浮在水上的葱屑也绿得没那么冷峻了。就连岸上来往的人们，无论是头戴圆形帽兜的，还是脚踩皮质分趾鞋的，全都忘了秋风凛冽似的，恍恍惚惚地走着。门帘的颜色、穿梭的车辆、远处人偶剧中三味弦的乐声……一切都在默默守护这薄明而恬静的冬日白昼，就连落在桥梁拟宝珠①装饰上的灰尘，也纹丝不动……

此刻，花屋仁左卫门位于御堂前南久太郎町的内宅中，当时被誉为俳谐②大宗师的芭蕉庵松尾桃青在四面八方前来的门生的看护之下，于五十一岁这个年纪，

---

① 日本传统的建筑装饰，用来装点桥梁、神社及寺院台阶和高围栏的柱子，形似葱花。——译者注
② 主要繁荣于江户时期的日本文学形式及作品，作为传统连歌的分支发展起来。——译者注

"仿佛灰中炭火散尽余温一般",行将悄然咽下最后一口气。时间接近申时中刻①,撤去隔断门之后十分宽敞的房间内,点在芭蕉枕头上方的线香,燃起的烟直往空中爬升。将整个冬天挡在庭廊外的新拉门,唯独这里的颜色笼在阴影中带着些袭人的寒意。芭蕉寂然地躺着,头枕在靠近拉门的地方。围在他身边的人当中,离得最近的是木节医生。他把手伸进被褥,摸着芭蕉那跳动间隔很长的脉搏,忧虑地紧锁着眉头。在木节后面蜷缩着一动不动,从刚才开始就一直小声念着佛的,定是这次陪芭蕉从伊贺一路走来的老仆治郎兵卫了。木节旁边是膘肥体胖、无人不识的晋子其角,还有仪表堂堂的向井去来,他的捻线绸细格纹和服在胸口处优雅地隆起,宪法染②细纹布构成的肩部挺立着。这两人都目不转睛地关注着师父的病情。其角后方是像出家人模样的内藤丈草,手腕处挂一串菩提木数珠,正襟危坐。一旁坐着的河合乙州不停吸溜着鼻子,许是因为忍受不住涌上心头的哀戚吧。矮个子僧人打扮

---

① 即下午三点四十分至四点二十分之间。——译者注
② 由吉冈宪法在江户初期创立的染布手法,成品为褐灰色。——译者注

的是和尚广濑惟然，他一边盯着乙州看，一边理着旧法衣，淡然地仰着下巴。惟然跟肤色浅黑、显得有些刚愎自用的各务支考肩并肩，坐在木节对面。剩下的是芭蕉的几个弟子，个个安静得跟气都不喘似的，他们或左或右围在芭蕉的床边，对与师父的诀别怀着无限的不舍。不过，其中只有一个人，缩在房间的角落里，完全伏倒在地出声恸哭，此人想必就是水田正秀。可即便是这声响，也被房内透着微寒的沉默压了下去，连搅动枕边线香那淡淡香气的力道都没有。

方才，芭蕉用因痰喘而嘶哑的声音说了些含混不明的遗言，之后便半睁着眼睛，似乎进入了昏睡状态。天花痘痕依稀可见的脸上，只有瘦削的颧骨兀地突出，被皱纹圈住的嘴唇早已没了血色。最让人痛心的是他的眼神，泛着微光的眼睛徒然地看向远方，好似在凝望屋顶之外无垠的寒空。"旅中病榻缠绵，梦里枯野驰骤。"像他三四日前吟出的辞世之句一样，兴许此时在这没有焦点的视线中，茫茫枯野上不见一缕月光的暮色正如梦般飘荡。

"拿水来。"

不久后木节吩咐道，转头看向静静坐在身后的治郎兵卫。这位老仆已经事先备好了一碗水和一根羽毛木签。他小心翼翼地把两样东西往主人枕边推，又突然记起来似的加快速度专心念起了佛。因为在山里长大的治郎兵卫那素朴的心中，根植着一个坚定的信念：芭蕉也好，谁人也罢，同样地往生彼岸之后，应当同样地都会受到佛陀的慈悲关照。

而木节说出"拿水来"的刹那间，又产生了总是困扰他的疑问。自己作为一个医师，真的竭尽全力了吗？但他很快找回了自我鼓励的心境，转向身旁其角的方向，无言中微微示意。就在这时，所有围在芭蕉床边的人，心中都倏然闪现出一种"终于等到这个时候"的紧张感。但是，在紧张感之后相继出现的是一种松弛感，就是说，一种觉得该来的终于来了的类似安心的感觉闪了过去，这是不争的事实。只是，这种与安心相似的感觉，性质十分微妙，甚至没有人想去肯定这种意识的存在。实际上，就连在场所有人中最为现实的其角，跟恰巧与他对视的木节险些从对方眼中读出同种心情的时候，也还是会不由得慌乱无主起来。

他赶忙把视线移向一边,若无其事地拿起羽毛签,跟旁边的去来打了声招呼:"僭先了。"接着一面用茶碗里的水浸湿羽毛签,一面用肥厚的膝盖挪动身体,并偷偷地探头张望师父濒危的容貌。说实话,在这之前他也不是完全没有预想过与师父生死诀别会是怎样悲痛的场面。可是,像现在这样真的捧起送终水①的时候,自己实际的心情跟之前戏剧性的预想截然不同,竟是分外地淡然。不仅如此,更让其倍意外的是,垂危之际的师父可以毫不夸张地说瘦成了一把皮包骨,那骇人的样子,勾起了一种自己强烈的厌恶感,几乎到了让他非背过脸去不可的地步。不,单单用强烈来形容还不够充分。那是一种令人最难忍受的厌恶之情,犹如眼睛看不到的毒物,甚至还会引发生理上的反应。这时的他,是因为偶然的契机将对于一切丑陋怀有的反感都发泄在了师父的病躯之上吗?还是因为对于作为"生"之享乐者的他来说,这病体所象征的"死"这一事实,是罪大恶极的自然威吓呢?

---

① 死者临终时在场者会在其嘴上涂水,此为该仪式中使用的水。——译者注

总之，其角从芭蕉垂死的脸上感受到了无可名状的不快。他几乎没有任何悲伤，在师父发紫的薄唇上涂了一抹水之后，立刻苦着脸退了下去。但是，在他退下的时候，一种近似自责的感觉刹那间掠过他的心头，看来他方才产生的厌恶之情已经强烈到了要接受道德审判的地步。

在其角之后拿起羽毛签的是去来，刚才木节示过意之后，他的内心似乎就失去了平静。素有谦恭之名的他向众人轻轻点了点头便挪近芭蕉的枕边。看着躺在这里的老俳谐师被病魔久久折磨的倦容，一种不可思议的、交错着满足与悔恨的复杂心情不由得侵袭着他，而且，这种满足和悔恨，好似背阴和向阳的两面，有着密不可分的因缘。事实上从四五天前开始，这种心情就持续搅扰着小心谨慎的他。得到师父病重的消息之后，他立刻从伏见搭船，顾不得三更半夜就敲开了花屋的宅门，自此在照料师父这件事上，他一天也没怠慢过。此外，他又是恳求槐本之道帮忙介绍帮工，又是派人去住吉大明神社祈求师父病愈，又是跟花屋仁左卫门协商请他采买日常用品，千端万绪几乎是他一人在操持，忙得跟陀螺一样。当然，这是去来自己揽下的活，原本就没有要谁感恩戴德的意思，这一点不假。但全身心投入到看护师父之中的自我感觉，势必在他心底播下了大为满足的种子。不过，这是一种不为本人所察觉的满足，在他做事的时候不经意间给他带去了温暖的感觉。于是去来当然也就行住坐卧，全都没有拘束感了，否则，彻夜陪护师父的时候，他跟支考在纸灯笼的光线下大谈世俗事之际，也不会特地诠释孝道之义并长篇大论陈述自己奉师如奉亲的打算云云。但当时得意扬扬的他在支考令人发窘的脸上看到了一闪而过的苦笑，他突然意识到自己一直以来平和的内心骤然起了波澜。他发现之所以起波澜，是因为他第一次意识到了自己的心满意足以及针对这种满足的自我批判。他哪是在照看身患重病、今日不知明日事的师父，为他的病情而担忧呀，不过是用满足的眼光看着劳神费力的自己罢了。确实，对于像他这样赤诚的人来说，不免要为此感到羞愧不已。此后去来不管做什么，都会自然地从这种满足和悔恨的龃龉之中感受到某种程度的掣肘。不时从支考眼中偶然间看到自己微笑的脸庞时,这种满足的自我感觉便更加清晰地投射到意识中,结果令他越发地为自己的卑劣感到羞惭。如此一连数日,到了今天在师父枕边奉供送终水的阶段,有道德洁癖且神经意外纤弱的他,在这种内心的矛盾面前彻底乱了阵脚,虽说相当可怜却也不难想见。因此,去来拿起羽毛签之际,全身出奇地僵硬,沾了水的白色毛尖在抚着芭蕉嘴唇的时候也变得异常兴奋,频繁地颤抖起来。不过,幸好同时间他的泪珠眼看着就要漫上睫毛,注视着他的所有门人弟子,恐怕连那尖酸的支考,都会觉得这种兴奋也是他的悲伤所致。

不多久,去来又挺起穿宪法染细纹衣服的肩膀,惶惶然回到座位上,羽毛签被传到后面的丈草手里。一向稳重老练的丈草恭谨地垂着眼睛,口中似有若无地念诵着什么,轻手轻脚地蘸湿师父的嘴唇。他的样子,谁看了都会觉得甚是庄严。然而,在这庄重的瞬间,突然从房间的一角传出了瘆人的笑声,或者说,至少当时感觉听到了笑声。如同从腹部深处冒出的大笑,经喉咙与嘴唇阻塞之后依旧忍俊不禁,断断续续地从鼻孔处迸发出来。然而，不用说，谁都不会在这种场合失声发笑的。这声音实际上来自正秀，他从刚才开始就泪如雨下，拼命想压制住的痛哭声，这时候终于从胸中迸裂出来。他的恸哭，不消说定然是悲怆至极的表现。在场的门人弟子中，有不少还联想到了师父的名句"吾之恸哭声／化作潇潇秋风劲／坟冢亦颤动①"。可是，对于这凄绝的痛哭，同样因泪水而哽咽的乙州对其中包含的某种夸张——换种更稳妥的说法，对他缺乏压抑痛哭的意志力这一点，多少有些心存不快。只是这种不快，到底仅停留在思想的层面上。他的大脑明明说不行，他的心却立时为正秀的哀恸声所动，不觉间已经热泪盈眶。但他对正秀恸哭一事感到不快，进而对他自己的眼泪也感到厌恶，这一点与刚才并无半点分别，而且他的眼泪还在汩汩地涌出来。乙州两手撑在膝盖上，最终还是情不自禁地发出了呜咽声。而此时唏唏嘘嘘的不独乙州一人。靠近芭蕉脚头的几个弟子当中，也几乎同时有吸鼻子的声响颤动

---

① 松尾芭蕉为悼念弟子小杉一笑所作。——译者注

着房间里肃静清冷的空气，断断续续地传了出来。

在这凄恻的哀声之中，手腕上挂着菩提木念珠的丈草像原来那样悄无声息地回到座位上，接着，跟其角与去来对面坐着的支考靠近了枕边。但这个以善于挖苦人著称的东花和尚，貌似没有那种被周围感情带着一味落泪的纤弱神经。他跟平常一样，浅黑色的脸上照常露出轻蔑的表情，还拿出一副跟平时一样高傲自大的架势，漫不经心地给师父的唇上蘸水。可即便是他这号人物，在这样的场合无疑多少都会有些感慨。"尸曝荒野还将行，刺骨秋风又侵心。"四五天前，师父反复向我们道谢："过去以为自己会卧草枕土而死，如今却能躺在这华丽的被褥之上得偿往生的夙愿，幸甚何哉。"然则，无论是躺在枯野之中还是在花屋的宅邸之内，实在并没有太大区别。事实上现在我这么给师父润着嘴，但直到三四天前还在担心师父仍未留下辞世之句。而昨天，我定下了等师父仙去后将他的俳句结成全集的计划。最后到了今天，直至这一刻，师父正一步步走向人生的终焉，而我则用饶有兴味的目光观察着整个过程。说难听点，在我这番观察的背后，指不定连他日要亲笔书写的《芭蕉终焉记》的章节都预先想好了。这么看来，我虽伴在师父临终的床边，但满心眼里惦记的却是在其他宗派面前的声名、门人弟子的利益得失、自己的兴趣盘算，净是一些跟垂死的师父毫无关系的事情。因此，可以说师父果真像他在俳句中屡屡预见的那样，曝尸在了无边无际的人生枯野之中。我们这些门生，不为师父的临危哀悼，而为失去师父的自己悼念；不为在枯野上病殁的先辈哀叹，而为在薄暮时失去先辈的自己悲叹。可即便在道德上谴责这些行为，又能拿我们这些生来薄情的人类怎样呢？支考沉浸在这种厌世的感慨之中，同时还为自己能深入其中而沾沾自喜。他为师父润毕嘴唇，将羽毛签放回茶碗中，嘲讽地用锐利的目光把抽噎着的门人弟子看了一圈，然后不慌不忙地回到自己的位置上。像去来这样善良的人，一开始就对支考冰冷的态度大为惊讶，到这时仿佛刚才的不安重又发挥出了它的威力。唯独其角一副啼笑皆非的模样，多半是觉得东花和尚不管何时何地都以白眼示人的习性着实有些讨厌。

跟在支考后面的是惟然和尚。当他把墨染的法衣下摆慢慢扯到草席上，小步爬动起来的时候，芭蕉的生命迎来最后时刻已经是弹指之间的事情了。他的脸比先前更没有血色，气息有时好像会忘记从被水濡湿的两瓣嘴唇之间通过。你正担心的时候，又仿佛猛然想起来似的，喉头忽地剧烈活动着给无力的空气放行；而且，有两三回喉咙深处隐约发出了痰声，呼吸似乎也渐次微弱了下来。惟然和尚此时正要用木签的白色羽毛尖碰上那嘴唇，蓦地就被一种与诀别的悲伤无关的恐惧攫住了。这是一种几近无来由的恐惧，他担心师父走后下一个死的会不会就是自己。但正是因为这种恐惧毫无来由，一旦被它攫住便无可抑制。他原本就是个谈死色变的人，曾经好几次，他一想到自己的死亡，哪怕正在风雅云游也会惊得汗流浃背。要是听到自己以外的人去世，他就安下心来庆幸还好死的不是自己；与此同时，又反过来忧心若是自己死了该如何是好。芭蕉的这件事在他身上也不例外。最开始师父的死亡还没这么迫在眉睫。冬日和煦的阳光照在拉门上，斯波园女送来的水仙清香流泄之际，大家聚在师父的枕边，创作着慰藉病人的俳句。这些时候，因着当下的情境，这或明或暗的两种情绪在他心间徘徊。但后来师父的临终逐渐迫近，在他难以忘怀的冬日初雨那天，木节看着连喜爱的梨子都难以下咽的师父，忧心忡忡地歪着脑袋。从那时开始，安心逐步被不安裹挟，最后连这种不安，也把"下一个兴许就轮到自己"的凶险恐怖的阴影，在他心上冷冰冰地延展开来。所以，他坐在师父的枕边，仔细为师父沾湿嘴唇的时候，因为这种恐惧作祟，几乎无法正视芭蕉弥留之际的面容。不，他可能正眼看过一次，但当时芭蕉的喉咙中恰好隐约发出了卡痰的声响，于是他好不容易鼓足的勇气也中途受了挫。"跟在师父后面死的，也许是我自己。"惟然和尚的耳底不断回荡着这番带着预言性的话，他缩起矮小的身子回到自己的座位之后，淡然的脸上露出愈加淡漠的表情，为了不看任何人的脸，眼睛一个劲儿地朝上望。

随后，乙州、正秀、之道、木节等围绕病床的门人依次蘸湿师父的嘴唇。但在此期间芭蕉的呼吸一次更比一次细弱，连次数也慢慢减少了。他的喉咙这时已不再动弹,隐隐透着天花痘痕的蜡黄瘦脸,一双凝视着遥远空间、褪去了光芒的眼睛以及下巴上银白色的胡须——这一切都被人情的冷漠冻结了起来,他仿佛在凝神梦想着即将前往的常寂光净土似的。这时节,坐在去来身后默然垂着头的丈草,那个老成稳重的丈草,眼见着芭蕉逐渐气若游丝,觉得无限的悲伤以及无限的安宁正徐徐地流进他的心中。他的悲伤自然无须言说。但那种安宁,恰如黎明时的寒光逐步在黑暗中浸漫开来,是一种想象不到的明朗心境,并且这种心境一刻刻地淹没了所有杂念,最后连眼泪本身也化作毫不刺痛人心的清亮的哀伤。他是为师父的灵魂即将超脱虚梦生死,回归常住涅槃的宝土而欣喜吗?不,这是连他自己也无法首肯的。那么——嗐,谁会徒然烦恼逡巡,硬要做个自欺的愚人呢?丈草的这种安宁心境,是一种获得解放的喜悦。他的自由精神,长时间枉然地屈服于芭蕉人格压力的桎梏之中,如今终于能够以其本色伸展手脚了。他浸淫在这恍惚的悲喜之中,捻着菩提木念珠,像是把周围啜泣的门人弟子从眼底拂去了似的,嘴角露着微微的笑意,恭恭敬敬朝油尽灯枯的芭蕉一拜。

就此,古今绝伦的俳谐大宗师芭蕉庵松尾桃青,被"无尽悲叹"的门生们簇拥着溘然长逝了。

大正七年(1918年)九月

西乡隆盛

这是本间说的故事。他早我两三年从大学历史学专业毕业,围绕明治维新史写过两三篇颇有意思的论文,知道的人应当不少。去年冬天,在搬去镰仓的一周前,我跟本间一道去吃饭,偶然听他说了这个故事。

说来也奇怪,这故事到此时仍在我脑中萦回。现在我就将它落诸笔头,以此完成《新小说》编辑交给我的撰稿任务。不过,后来我听说,这似乎是在朋友间颇有知名度的故事之一,被称作"本间的西乡隆盛"。这么说来,指不定在某些圈子里已经广为人知了。

本间在讲故事的时候表示:"事情真假,全凭听者判断。"连他都不下定论,我自然没必要强出头。至于读者诸君,干脆就当在看旧报纸上的新闻,轻轻松松地逐行往下读就好了。

大约是七八年前的事了。时值三月下旬,是清水的一重樱①即将开放的时节。话虽如此,但故事发生的那晚却雨雪交加、春寒料峭。当时还是大学生的本间乘上了下午九点多从京都发车开往东京方向的快车,他坐在餐车里,正心不在焉地抽着M·C·C牌香烟,面前是一杯白葡萄酒。刚才经过了米原站,这会儿肯定就快到岐阜县了。玻璃窗外面是一片漆黑,不时有点点火光流过窗边,却看不清究竟是远处人家的灯火,还是火车烟囱

---

① 单瓣的樱花。——译者注

里冒出的火花。只有几乎结成了冰的雨滴敲打着窗户，给嘈杂的车轮声添上单调的节拍。

一周前，本间来到京都，想利用春假对维新前后的史料进行研究，顺便独自游玩一番。可来了以后发现，想调研的事情变多了，想去看看的地方也多了。忙忙碌碌之间，不觉假期已经接近尾声。距离新学期开始上课的时间也所剩无几。想到这里，不管对京都舞蹈公演①和游保津川②有多么留恋，继续在这里远眺着东山优哉游哉度日还是叫他内心难安。本间终于下定决心，不顾当天还下着雨，归置好行李，穿制服、戴制帽，打扮利落，便在俵屋旅馆的前门雇了人力车把他送到位于七条大街的火车站。

登上火车一看，二等车厢里人多得连转个身都困难。亏得乘务员帮忙他才终于找到能落座的空位，坐在那里却怎么也睡不着。可这时候，卧铺不用说早已经全都卖光。一时间，他夹在腰大十围有余、满身酒

---

① 每年4月1日—30日，在京都祇园甲部歌舞练习场举办的舞蹈公演。——译者注
② 乘船沿溪流从丹波龟冈到京都的名胜岚山，全程16公里左右，游船时间约2个小时。——译者注

臭的陆军将校以及在睡梦中磨着牙的不知谁家的尊夫人之间，尽量缩起肩膀，沉浸在青年特有的无限遐想之中。然而，渐渐地连可供空想的素材都见底了。并且，来自强邻们的压迫似乎也在逐步升级。于是，本间迫不得已站起身来，将帽子留在自己的空位上，到前面一节的餐车里避难去了。

餐车里空荡荡的，只坐着一位客人。本间走到最远处的桌边，向服务员要了一杯白葡萄酒。倒也不是因为馋酒了，他只求能消磨掉犯困之前的这段时光就好。所以，简慢的服务员把琥珀似的酒杯端到面前之后，他仅仅小抿了一口，随即就点燃了M·C·C香烟。青烟画着一个个小圈，在电灯明亮的光线中袅袅上升。本间在桌子下面伸长了双腿，这才感觉轻松了一些。

不过，放松下来的单单是身体，心情却说不出的沉重。这么坐着的时候，总觉得玻璃窗外的黑暗蓦地就要漫进来似的。还会担心在白桌布上排得整整齐齐的杯碟，会不会一起朝火车行进的方向滑出去。这一切连同哗哗的雨声，开始逐渐往他的心上施加重压。这时本间抬起受了威吓似的眼睛，失神地把餐车看了一圈。镶镜子的橱柜、几盏光线飘忽的电灯、插了油菜花的玻璃花瓶……这些物件都发着耳朵听不见的声音，仿佛你推着我、我搡着你，慌忙往他的眼里钻。不过，相比所有事物，最吸引本间的是对面唯一的一位客人，他把胳膊撑在桌上，从杯中啜饮着像是威士忌的液体。

这位客人是个头发斑白的老绅士，气色红润的双颊上蓄着带些洋人味儿的稀疏胡须。尖耸的鼻头上架着一副铁框的夹鼻眼镜，更加深了一种骄矜的印象。身上穿的是黑色西装，但是从远处也能一眼看出绝不是什么高档西服。那位老绅士跟本间同时抬眼，似看非看地朝这里投来目光。此时，本间下意识地在心中低低地发出"哎呀"一声叫唤。

这是为何？因为本间觉得，好像在什么地方见过老绅士的这张脸。不过，他记不清究竟是在现实中遇见过，还是看到过照片。但在哪儿见过的记忆是不会有错的。于是，他赶忙在脑中搜索起熟人的姓名来。

他的搜索还没完毕，老绅士就忽地站起身，一边在晃动的车厢中寻找着平衡，一边迈着大步往本间跟前走。接着，毫不客气地在桌子对面落了座，用壮年人似的洪亮声音说了句："唉，失礼了。"

本间一时摸不着头脑，在这位长辈面前露出无甚意义的微笑，大大方方地点头致意。

"你认识我吗？怎么，不认识？不认识也无妨。你是大学生吧。而且上的是文科大学。我做的工作跟你类似，弄不好还是同行。你的专业，是什么？"

"历史学。"

"是吗，历史学。你也是受约翰逊博士[①]蔑视的人之一呀。照约翰逊看，历史学家不过是 almanac-maker（年鉴制作者）。"

老绅士说着，向后一仰，放声大笑起来。恐怕他已经醉得不轻了。本间没有应声，只是笑眯眯地认真观察着对方的打扮。老绅士的低翻领下系着黑色领带，穿一件有些磨痕的背心，胸口前夸张地悬着怀表的粗银链。但他的衣着如此寒碜，绝不是由于贫穷所致。因为不管是他的领子还是衬衫袖口，全是簇新的白色，

[①] 塞缪尔·约翰逊，英国著名文人，独力编纂出《约翰逊字典》。——译者注

硬邦邦地裹在肉上。估摸着是学者一类阶层的人，所以对穿着毫不在意。

"年鉴制作者，说得不错。嗜，在我看来，即便是这一点都还存疑呢。不过，这种事就不去管了。话说回来，你最想研究的是什么内容呢？"

"维新史。"

"那么毕业论文的题目，也应该在这个范围内吧。"

本间不知怎地感觉自己好像在参加口头考试。对方的口吻，给人一种说不上来的刨根问底的压迫感，此刻他隐隐地预感到这人最后会令自己陷入如何窘迫的境地。于是，他沉默了一阵，突然端起白葡萄酒杯，同时故意简单地答道："我打算写西南战争。"

老绅士看了，顿时也觉得嘴里少些什么似的，把身体半扭向后方，用呵斥般的声音吩咐道："喂，来杯威士忌。"没等酒上桌他就重新面向本间，夹鼻镜后面浮现出一种嘲笑的神色，并说出了下面的这番话：

"西南战争啊，有意思。我因为叔父那时加入叛军被讨伐而死，所以出于兴趣也对战争的事实小做了一番钻研。虽然不知道你是基于什么史料进行研究的，但关于那场战争,有许多讹传,而且这些讹传还堂而皇之成了确凿的史料。所以在取舍史料的时候若不小心谨慎的话,会犯下意想不到的错误。建议你要先在这方面留个心眼。"

从对方的态度和口气上,本间判断不出该不该对这个忠告表示感谢,因此他浅酌着白葡萄酒,"嗯""呀""啊"地作出了极为含糊的回应。可老绅士根本不在意他的反应,拿起服务员恰好在这时端上来的威士忌,稍稍润了润喉咙,然后从口袋里掏出陶瓷烟斗,一面往里头填烟草一面说:

"不过就算你多留个心眼,也未必不会掉进陷阱。这么说可能有些失礼,但有关那场战争的史料,靠不住的东西实在太多。"

"是吗?"

老绅士不出声地点着头,擦了根火柴点燃烟斗。红色的火光从下方照着他西洋人一般的脸庞,浓烟掠过他稀疏的胡子,散发出浓浓的埃及烟气味。本间见到这一幕,不知何故骤然觉得这位老绅士有些面目可憎。他当然知道,对方已经喝醉了。可是,听他没头没脑地吹过牛之后,要是自己默认接受的话,怎么对得起身上的这套学生制服?

"但是,我觉得没有必要特别警惕。您是出于何种理由提出这一想法的呢?"

"理由?没有理由,只有事实。我不过是把西南战争的史料都一一仔细研究过了,并且从中发现了许多讹传,仅此而已。但光是这样不就已经足够说明问题了吗?"

"当然足矣。那么,我想听您讲一讲您发现的是怎样的事实,相信对我会有很大的参考价值。"

老绅士衔着烟斗沉默了一阵。接着看向玻璃窗外,眉头奇怪地紧了一下。站着几个旅客的停车场,在一片黑暗和雨水中发着微光从眼前横掠过去。本间窥看着对方的表情,真想嘟囔一句"自作孽不可活"。

"要是没有政治方面的顾虑,我也很愿意一谈,但万一机密泄露的事情进了山县元帅[①]的耳朵里,到时候

[①] 山县有朋(1838.6.14—1922.2.1),长州藩士、陆军军人、政治家,最高军衔为元帅陆军大将。城山之战时率领政府军打败西乡隆盛带领的叛军。——译者注

倒霉的就不止我一个人了。"

老绅士想了一想，从容地答道。他正了正夹鼻镜，用探寻的目光打量着本间的脸，这张脸上露出的鄙夷表情怕是早已映入了他的眼睛。他颇有声势地将剩下的威士忌一饮而尽，胡子拉碴的脸猛然凑近，把散发着酒臭气的嘴巴贴在本间的耳边，以一种几乎要咬上来的架势耳语道：

"如果你保证绝不外传的话，我就给你透露其中的一个事实。"

这次轮到本间蹙了蹙眉头。此刻他的脑中瞬间掠过一个念头：这家伙八成是个疯子。但与此同时，又觉得都穷追不舍到了这里，再眼睁睁地错过所谓的事实，着实有些可惜。此外，一种要证明自己不是这种程度的虚张声势就能吓倒的孩童般不服输的劲儿，在这时也多少起了些作用。本间把烧短的M·C·C香烟扔进烟灰缸里，伸直了脖子爽快地说：

"我绝不外传，还请您告知其中实情。"

"行。"

老绅士抽了一阵烟斗，浓烟向上升腾着，他用自己的小眼睛盯着本间的脸。此前本间一直没注意到,这不是疯子会有的眼睛,跟普通人平平常常的眼睛也不相同。这是一双睿智的,还带些温柔的,似乎始终在冲着什么东西微笑的清澈眼睛。本间无言地跟他面对着面,禁不住地感觉这双眼睛和对方的言行之间有一种怪异的矛盾。但老绅士对此自然是浑不在意。烟斗中的青烟绕过他的夹鼻镜消失不见,老绅士好像目送青烟远去似的,目光静静地从本间身上移开,在远处的空间里游移着,头稍稍后仰,几近自语地说出了下面这番荒谬的话:

"细节方面与事实的出入不胜枚举,所以我就说一个最大的讹传吧。其实西乡隆盛并没有在城山之战中去世。"

听了这话本间陡然迸出了笑声。为了掩饰自己的笑声,他一边再点了一根M·C·C,一边硬是用很认真的声音附和对方道:"是吗?"已经没有必要再往下追问了。所有准确的史料都一致认为西乡隆盛在城山战死,他却随随便便当作讹传,光是这一点大体上就能看出这位老人所谓事实的真面目了。原来他不是疯了什么的,只是一个把源义经和铁木真混作一谈,把丰臣秀吉当成私生子的淳朴乡下老翁。想到这里,本间又是好笑又是好气,同时心中生出了失望之情,他决定尽快结束与老人的对话。

"而且,不光当时没有死在城山,西乡隆盛至今还活着。"

老绅士这么说着,还昂然地朝本间一瞥。对此,本间当然只是"呵呵"一声敷衍过去。于是对方嘴角闪出讥讽般的微笑,换成平静的语气故作姿态地发问:

"你不相信我说的话。不用辩解我也知道你根本不信。但是——但是呢,为什么你会对西乡隆盛至今还活着这件事有所怀疑?"

"您自己也说因为对西南战争有兴趣所以钻研过相关事实,既然如此,恐怕不用我说就明白了吧。但既然您这么问,那我就讲讲自己所知道的。"

本间觉得对方沉着到讨人嫌的态度很可气,并且他也想快刀斩乱麻早点结束这场闹剧。虽然他觉得这样做十分孩子气,但还是在做过这番铺垫之后用很快的语速陈述起了城山战死说。我在此就不详述了,只需写明本间的论述向来都是引证准确、论理彻底、无可置疑这一点就足够了。然而，这位老绅士衔着瓷烟斗吞云吐雾，倾听着本间的议论，没有露出半点退却之色。铁框的夹鼻镜后一双小眼睛里依旧满是柔和的光芒，并且不无讽刺地微笑着。他的眼神莫名地挫钝了本间的谈锋。

"确实，站在某种假设上，你的说法是正确的。"

本间的议论告一段落后，老人悠然地说，"而这个假设就是，你刚才所举的《加治木常树城山笼城调查笔记》和《市来四郎日记》之类的记录都是无可争议的事实。所以，对于一开始就对这些史料持否定观点的我来说，你刚才煞费苦心发表的那些高论，不过是彻头彻尾的无稽之谈。别着急！我相信你肯定能从诸多方面为这些史料的正确性进行辩护。但我握有超越一切辩护的确证。你觉得是什么呢？"

本间有些被唬住了，迟疑着不知如何回答。

"那就是西乡隆盛现在就跟我一起坐在这列火车上的事实。"

老绅士用一种几近严肃的语气，气势凌人地断言。

即便是平日里处变不惊的本间，这时也愕然失色。可理性就算一度受到威胁，也不会因为这样的事情丧失其权威。本间不自觉地把夹着 M·C·C 的手从嘴上拿开，又缓缓地把烟往回吸，默然地将怀疑的目光投在对方高耸的鼻子附近。

"跟这样的事实相比，你的史料算得了什么？全都不过是废纸一张罢了。西乡隆盛没有死在城山。证据是，他现在就坐在这趟上行快车的一等车厢里。没有比这更确凿不移的事实了。还是说，比起活生生的人，你更相信写在纸上的字？"

"不好说！虽然您说他还活着，但除非亲眼见到，否则我还是无法相信。"

"除非亲眼见到？"

老绅士傲然地重复了本间的话，然后慢慢地把烟斗里的灰磕了出来。

"对，除非亲眼见到。"

本间又重新拿出气势，故意冷冷地摆出之前的疑问。但这个疑问在老人身上似乎也没能起到特别突出的作用。他听后依然带着傲慢的态度，刻意朝本间耸

耸肩:

"我们同乘在一辆火车上,你要是想看,现在就能看到。不过南洲先生①可能已经睡着了,反正就在前面一节的一等车厢里,即便白跑一趟也没多大损失。"

老绅士说毕,把陶瓷烟斗收回口袋,用眼睛示意本间"来吧",接着吃力地站了起来。事已至此,本间姑且跟他一同起身,嘴里叼着M·C·C,两手插进裤兜,不情不愿地离开了座位。他跟在跟跄的老绅士后面,从排成两列的桌子中间大步走向车厢门口。只留下白葡萄酒杯和威士忌酒杯在白色的桌布上投下浅浅的半透明阴影,在敲打着火车的雨声中寂然地颤抖着。

十分钟后,白葡萄酒杯和威士忌酒杯再一次由冷淡的服务员斟上了琥珀色液体。不,不仅如此。戴着夹鼻镜的老绅士和身穿大学制服的本间又跟先前一样在两个杯子前面围坐下来。另一边的桌上,是方才跟

---
① 西乡隆盛号南洲。——译者注

他们前后脚进来的两人,一个穿便装的胖男人和一个艺伎模样的女人,貌似正叉着炸虾之类的东西。他们用流畅的京阪方言进行的缠绵对话,夹杂着叉子叮叮当当的声音,不断地传进耳朵里。

　　幸而本间根本无暇顾及这些。为什么这么说呢?因为他满脑子里只有刚才见到的惊人场景。一等车厢里,在近似绿褐色的椅子和同色窗帘之间打着盹的白发大汉,身肥体胖如同一座小山——啊,那庄严的相貌,确有南洲先生的风骨,到底是不是自己看走眼了呢?不知是不是心理作用,那里的电灯比这里还要昏暗些。可他那独具特色的眼睛和嘴巴,无须靠到近处就能看得很清楚。不管怎么说,那都是自己从小看惯了的西乡隆盛的面孔……

　　"怎么样?现在你还主张城山战死说吗?"

　　老绅士绯红的脸上浮现出明朗的微笑,催着本间回答。

　　"……"

　　本间不知所措。我应该相信哪一方呢?是被万人公认的无数史料,还是刚才看到的魁伟的老绅士?如果说怀疑前者是怀疑自己的头脑,那么怀疑后者就是怀疑自己的眼睛。本间会如此手足无措,一点也不出人意料。

"现在你已经亲眼看到南洲先生了,可还是愿意相信史料。"

老绅士端起威士忌酒杯,用讲课一般的语调继续说,

"但是,你相信的史料究竟是什么呢?先想想这个问题。城山战死说暂且不谈,单说能够断言历史的准确史料,大概上哪儿都是找不到的。任何人在记录事实的时候都会自然地对细节进行取舍选择。就算原本没有这种打算,事实上还是不可避免,这是无可奈何的事情。这就意味着,记录本身就是远离客观事实的行为。没错吧?所以说,乍一看值得信赖,实际上错漏百出。沃尔特·雷利① 曾废弃已经开写的《世界史》书稿,这种事情就很能说明问题。这事你也有所耳闻吧。实际上我们连眼前的事情都弄不清楚。"

---

① 英国伊丽莎白时代的冒险家、作家、诗人、军人、政治家,编纂了《世界史》一书。——译者注

其实，本间根本不知道《世界史》书稿的事情。但他的沉默貌似让老绅士认定了他是知道的。

"回到城山战死说，相关的记录里面也有许多有待商榷的内容。诚然，在西乡隆盛于明治十年（1877年）九月二十四日的城山之战中身亡这一点上，所有史料都是一致的。但是，史料所指的不过是被认为是西乡隆盛的人死亡了。这人实际上是不是西乡隆盛，自然又是另一个问题了。再说发现他的头颅和无头尸体的事实，就跟你刚才说的一样，异议也绝对少不了。这里也应该打个问号。在疑点重重的情况之下，你刚才又在这辆火车上见到了西乡隆盛——你不承认的话至少是酷似西乡隆盛的人。即便如此，你还是选择相信史料吗？"

"可是，西乡隆盛的尸体确实被找到了。这么说来——"

"长得像的人，天底下多的是。右手腕上有旧刀伤什么的，也不一定只有一个人。你知道狄青检查侬智高尸体的故事吗？"

这次本间老老实实坦言自己不知道。事实上从刚才开始,对方通晓玄妙理论和诸多事情的样子就让他很是懊恼,并且逐渐对眼前这个戴夹鼻镜的人生出了一种类似敬意的感觉。老绅士此时又从口袋中拿出那把陶瓷烟斗,悠悠地抽起埃及烟来。

"狄青追了五十里进入大理之后,在敌人的尸体中看到有一具穿着金龙袍的尸体。众人都认为是侬智高的尸体,唯独狄青不以为然。'安知非诈,宁失智高,敢欺朝廷耶。'这句话不仅展现了他高尚的道德,其对待真理的态度也可圈可点。但遗憾的是,西南战争时指挥官军的诸位将军都有欠如此缜密的思虑。最后连历史都把'也许是'改成'就是'了。"

实在哑口无言的本间被逼急了,孩子似的试着作出最后的反驳:

"可是,哪有长得那么相像的人?"

这时候,老绅士不知怎地突然从嘴中抽出瓷烟斗,一边发出被烟草呛到的声音,一边大笑起来。或许是因为笑声太大了,另一张桌上的艺伎特地转过头来,露出诧异的表情朝这边看。但老绅士的笑声久久没有停下。他一手扶着快要滑落的夹鼻镜,一手拿着点燃的烟斗,笑声从喉咙里直往外冒。本间不知他何故如此,只得在白葡萄酒杯后面茫然地瞧着他的脸。

"是有的。"过了一会儿老人终于喘着气说,

"刚才在那里你不是看到了一个打盹的人吗?那个男人,不是跟西乡隆盛长得非常相像吗?"

"那么——那人是谁呀?"

"那个人?那是我的朋友。本职是医生,业余时间画画南画①。"

"不是西乡隆盛呀。"

本间用一本正经的声音说着,接着脸刷地红了。因为从刚才到现在自己所扮演的滑稽角色,这时候蓦地被照在了全新的光线之下。

"要是惹你生气了请见谅。我跟你谈话的时候,觉得你的想法太有青年的直率之气了,所以想要小小地作弄你一下。但是,我做的虽是恶作剧,说的却不是玩笑话。我是干这个的。"

老绅士摸了摸口袋,掏出一张名片拿到本间面前

---

① 日本江户时代中期以后的绘画,因受中国"南北宗论"影响而称为"南画",又名"文人画"。——译者注

给他看。名片上没有印头衔之类的,但本间看到名片后,终于想起来在哪里见过这位老绅士的脸。老绅士凝视着本间,很满足似的浅笑着。

"做梦都没想到是老师您。我说了这么多失礼的话,是我不好意思才对。"

"不会,刚才的城山战死说,讲得相当精彩。你的毕业论文照着这个势头,应当能写成一篇很有趣的文章。我们大学里今年也有一个专门研究维新史的学生。不说这个了,畅快喝一杯吧。"

雨夹雪看来也暂时停歇了,不再击打窗户发出声响。带着女伴的客人走后,只有玻璃花瓶里插着的油菜花在静悄悄的餐车中飘散着淡淡的香气。本间一口气喝干了杯中的白葡萄酒,捂着泛红的脸颊突然说:

"老师您是怀疑论者吧。"

老绅士夹鼻镜后的眼睛表示了同意。那是双始终在冲着什么东西微笑的清澈眼睛。

"我做个皮浪①的弟子就够了。我们什么都不知道。

---

① 皮浪(约公元前360—前272年)生于埃利斯,卒于雅典,被认为开创了怀疑论的先河。——译者注

连我们自己的事情都弄不清楚，更别说西乡隆盛的生死了。所以说，即便要书写历史，我也不会想着要写下不掺半点虚假的历史。只要能写出足够贴近事实的美丽历史就心满意足了。我年轻的时候有过当小说家的想法。要是真成了小说家，估计写的也是这样的小说吧。兴许写小说比现在更好些。总之，我能做个怀疑论者就足够了。你不觉得吗？"

大正六年（1917年）十二月十五日

地　狱　变

◁　一　▷

像堀川老殿下这样的人物，前固不见古人，后亦恐无来者。据传，老殿下降生之前，大威德明王曾在他母亲的梦中显灵，要而言之，他生来就非凡夫俗子。

是以，老殿下的所作所为，桩桩件件无不出人意表。直接看那堀川府邸的规模，说它是宏伟，还是豪放好呢？其大胆脱俗，终究不是我们肉眼凡胎所能想见的。人们就此议论纷纷，还将老殿下的操行与秦始皇、隋炀帝等人比照，这无非是在盲人摸象。老殿下的所思所想，绝不止于贪求个人的荣华富贵，而是个心怀苍生，可谓愿与天下人同乐的胸怀宽广之人。

正因如此，即便在二条大宫遇到百鬼夜行①，老殿下也不以为意。因仿照陆奥国盐灶②布景而出名的河原院③中，据说有源融左大臣的鬼魂夜夜出没，可老殿下的一声呵斥便能令其魂飞魄散。既有如此威势，也难怪京中男女老少对老殿下有如菩萨转世一般顶礼膜拜。有一回，老殿下从宫中参加完赏梅宴归来，车架上的牛脱开缰绳伤了恰好经过的老人。但这位老人却双手合十，表示被老殿下的牛所伤是殊胜之事。

---

① 传说在平安京（京都）二条大街和大宫大街的交叉口上经常能遇到百鬼夜行，为人们所忌惮。——译者注
② 今宫城县的盐灶市。——译者注
③ 嵯峨天皇之子源融的宅邸。据说位于贺茂川以西，平安京（京都）六条坊门之南（现在的五条大道）和万里小路（现在的柳马场大道）之间。——译者注

如是，老殿下一生之中，还有诸多故事流传后世。譬如，在宫廷盛宴上曾被赏赐白马三十匹；献出自己宠爱的童仆做成长良桥上的人柱；请来得华佗真传的中国僧人割去腿上的疱疮，等等。若是一一历数，恐怕无穷无尽。不过，在这不胜枚举的逸事之中，最为骇人听闻的，要数如今已成传家之宝的地狱变屏风[①]的由来。就连平素气定神闲的老殿下，初见屏风时也不免惊慌失措。至于从旁侍奉的我们，不消说，更是被吓得魂不守舍。像我这样的，服侍老殿下已有二十载，即便如此，那般令人骨寒毛竖的东西也是仅此一见。

但是，在讲述这个故事之前，有必要先说一说绘出地狱变屏风的画师——良秀。

二

提起良秀，可能至今还有人记得他。良秀是位著

[①] 绘有《地狱变相图》的屏风，画中展现的是人堕入地狱之后所受的种种果报。——译者注

名画师，论起画技，当时几乎无人能出其右。发生那件事的时候，他大概已经五十岁了，看样子就是个身材矮小、皮包骨头的臭脾气老头。上府邸晋见老殿下的时候，经常穿一身黄褐色狩衣①，头戴一顶软乌帽。他的人品极其卑劣，不知怎地没个老人的样子，鲜红扎眼的嘴唇叫人不寒而栗，看着好似一头野兽。也有人说那嘴唇是舔画笔染红的，谁知道呢？嘴巴更损的人说良秀举手投足活似猴子，甚至给他取了个诨名叫"猿秀"。

说到猿秀，还有这样一件事情。那时，良秀十五岁的独生女儿在老殿下的宅邸里当小侍女。她的模样不像亲生父母，是个招人喜欢的姑娘；而且，可能是因为从小没了母亲，她成熟体贴、天生伶俐，年纪虽然还小却细心周到，老夫人和其他侍女们都很疼爱她。

碰巧丹波国②献上了一只驯熟的猴子，当时小殿下正处在最淘气的年纪，就管它叫"良秀"。猴子的样

---

① 日本平安时代朝臣的便服，原为狩猎服装，为方便运动，袖管不与衣服的本体完全缝合。——译者注
② 日本古代的令制国之一，大约包含现在京都府中部、兵库县东隅、大阪府高槻市的一部分以及大阪府丰能郡丰能町的一部分。——译者注

子本身就滑稽，又有了这么个名字，全府上下见了无人不发笑。光是笑笑却也罢了，可大家半开玩笑似的总喜欢使坏，不管是猴子爬上院里的松树还是弄脏房里的草席，每每都要大唤"良秀、良秀"。

一天，前面提到的良秀的女儿拿着系有书信的寒红梅枝条从长廊经过的时候，小猴良秀大概是伤了脚，没了平时登梁爬柱的神气，从远处的拉门那里拖着跛脚径直逃过来。后面的小殿下手里挥起细枝条追了上来，嘴里大叫"偷橘贼，别跑！别跑！"良秀的女儿见状稍有迟疑，正当这时，逃过来的猴子倚在她裙摆边哀戚地啼叫。这一刻，她的怜悯之情再也按捺不住了。良秀的女儿一只手仍拿着梅枝，另一只手将晕染成紫色的衣袖飘然展开，温柔地抱起猴子，微屈着腰来到小殿下跟前，用沉着的语气说："恕我冒昧，它不过是个畜生。请您开恩宽恕它吧。"

可小殿下追得正在兴头上，一脸不悦地连跺了两三脚说：

"干吗袒护它？这猴子可是个偷橘贼！"

"它不过是个畜生……"

良秀的女儿又重复了一遍,随即凄然地笑了笑,下定决心似的说:

"况且它就叫良秀,总觉得是我父亲在受斥责,实在没法袖手旁观。"她这么一说,即便是小殿下也只得让步。

"好吧。既然是为你父亲求情,我就姑且饶了它。"

小殿下不情不愿地说罢,扔掉手中的枝条,往来时的拉门方向折了回去。

三

自此以后,良秀的女儿跟小猴就变得十分亲近。她把小姐赏赐的金铃铛用红绳串着挂在猴脖子上,猴子则不管发生什么事情都很少离开她身边。有一回良秀的女儿感染风寒卧床休息,小猴就乖乖坐在她枕边,脸上一副担忧的表情,不停地啃着猴爪。

这一来说也奇怪,谁也不再像之前那样戏弄小猴了。不光如此,反倒都宠爱起它来,就连小殿下也开始不时扔些柿子和栗子给它吃。有个侍卫踢这猴子的时候,小殿下还为此勃然大怒。后来,老殿下特地命良秀的女儿抱着猴子上前晋见,据说也是因为听说了小殿下发怒的事情,而良秀的女儿爱护猴子的缘由,也就顺便进了老殿下的耳朵:

"是个孝顺的孩子,该赏。"

遵照老殿下的旨意,良秀的女儿被赏了一件红服。接赏的时候,猴子学着人的样子恭恭敬敬地高抬爪子,老殿下见此更是心情大好。所以说,老殿下之所以关照良秀的女儿,完全是因为欣赏她疼爱猴子的一片孝心,绝不是流言所说的贪图她的美色。不过,如此流言四起倒也无可厚非,其中原委后面我再细细道来。这里只要事先说清楚,不管画师女儿出落得多么漂亮,老殿下都不是那种会对她想入非非的人。

良秀的女儿得了褒奖从老殿下那里回来,由于她本就是个机灵的姑娘,并未因此遭到其他侍女的刁难嫉妒。相反,从那以后她跟小猴都受到了众人的关爱,尤其是小姐,身边时时都少不了她,连坐车参加祭礼都让她陪伴左右。

女儿的事情暂且放一放,下面再说回父亲良秀。如此一来,猴子良秀倒是很快成了大家的宠儿,但良秀本人却还是不受任何人待见,依旧被人在背地里称作猿秀;而且这种情况还不限于老殿下的府内,连横川的僧都[①],一说到良秀就像遇到魔障一般,嫌恶得脸色骤变。(不过,也有人说是因为良秀将僧都的行状画成了讽刺画,毕竟是底下人的传言,不能当事实论处。)总而言之,他的名声之差,不管问谁得到的回答都大抵如此。要是遇到不说他坏话的人,恐怕不是他那三两画师朋友,就是只看过他的画,不认识他这个人的。

不过,良秀实际上不仅面目猥琐,还有更让人嫌恶的坏脾性,落得这副田地也只能说完全是自作自受。

四

他的这些坏脾性就是:吝啬、悭贪、不知羞耻、

[①] 在《源氏物语》中登场的虚构人物,弟子众多,以比睿山最深处的横川中堂为据点修行,因德高望重常被召入宫中。——译者注

偎慵堕懒、贪得无厌。其中最大的毛病是傲慢自大，总是摆出一副本朝第一画师的得意劲儿。如若只是在绘画方面自视甚高便也罢了，可他的狂傲，针对的是世间所有的习惯和惯例，非把一切都当成笑话不可。据一位跟了良秀多年的弟子所说，一天在某位大人的府上，著名的桧垣巫女魂灵附身后正传达着恐怖的神谕。他不仅对此充耳不闻，还用手头的笔墨精细地画下巫女的狰狞嘴脸。大概在他眼里，即便魂灵作祟也不过是哄骗小孩的把戏。

由于良秀是这样一个男人，所以画出的吉祥天女长了一张粗贱的妓女脸，画出的不动明王是一副刑满囚人的无赖模样，画中的各种人物全不像话。但你若是去诘问他，他就会若无其事说："你说我良秀画的神佛会对我降下天罚？还真是稀奇事儿呀。"即便他的弟子，对此也是瞠目结舌，其中惧怕未来报应不爽，匆匆告假溜走的也不少。一个词形容他：倨傲至极。一言以蔽之，他是个觉得普天之下唯我独尊的男人。

所以，良秀在画技方面有多么不凡就不言而喻了。但他的画作，不管是运笔还是色彩，都跟其他画师截然不同。与他交恶的画师中有很多人说他是个大骗子。据他们所说，像百济川成、巨势金冈之类的昔日名家，有关其笔下之物的传言无不优美风雅，比方说板窗外梅花月夜飘香，或者屏风上廷臣笛音在耳云云。但关于良秀的画，传开来的一向只有瘆人和怪异的评价。譬如，他画在龙盖寺大门上的五趣生死图[①]，要是深夜从门下经过，会听到天人叹息和啜泣的声音；更有甚者，闻到过死人腐烂的臭气。此外，老殿下曾命他给侍女们绘制肖像画，凡是入画之人，不到三年的时间尽皆患上丧魂之病后离开人世。有说话难听的认为，这就是良秀的画堕入邪道的铁证。

然而，前面我就说过，良秀是个绝不低头的男人，是以反而以此为傲。有一回老殿下开玩笑说："你好像专喜欢丑陋的东西。"良秀用他那两瓣红得与实际年龄不符的嘴唇诡秘冷笑着，高慢地答道："您所言极是。肤浅的画师岂知丑陋之美。"任他是本朝第一画师，也不该在老殿下面前如此大言不惭。难怪刚才

---

① 在有五根辐条的车轮图形中绘出五道相（地狱、饿鬼、畜生、人、天），表现了轮回的思想。——译者注

提到的那位弟子为讽刺师父的增上慢[①]，私下给他取了个"智罗永寿[②]"的绰号。读者想必知道，"智罗永寿"是古时候从中国来到日本的天狗之名。

不过，即便是良秀——这个让人无话可说的、离经叛道的良秀，也有仅存的一处具有人情味的地方。

五

那便是，良秀疯狂地疼爱他那做了小侍女的独生女儿。方才已经提到过，他女儿心地善良、很为亲人着想；而良秀操心孩子的劲儿，也绝不亚于他女儿的孝心。不管哪家寺院来化缘都不曾布施过的良秀，给女儿采办衣着发饰的时候，竟毫不吝惜地置备俱全，简直让人难以相信。

不过，良秀对女儿的宠爱归宠爱，却从没想过要她钓个金龟婿。不仅如此，若是有人打他女儿的歪主意，

[①] 佛教的七慢之一，以自己证得增上之法等而起慢心。——译者注
[②] 日本《今昔物语集》中作为反面教材的天狗。——译者注

他很可能会聚集起街上的地痞流氓，暗中把这人收拾一顿。因而，老殿下召女儿去做侍女的时候，这个做爹的极不情愿，很长一段时间里即便在老殿下跟前也是怏怏不快。坊间之所以会传出老殿下看中他女儿的美貌，不顾亲人反对召进府中的谣言，大概也是有人见他愁眉苦脸作出的推想吧。

但是，即便谣传所言不实，为孩子操碎心的良秀确实始终祈祷着女儿能早日归家。一次，老殿下吩咐良秀画一幅稚儿文殊图①，他把老殿下宠爱的童仆画得惟妙惟肖。老殿下极为满意，慷慨出言：

"想要什么奖赏，但说无妨。"于是良秀恭敬起来，旋即毫不忸怩地说：

"请您允我女儿归家。"倘若是别的宅邸还好说，但她是在堀川老殿下身边服侍的人，即便是爱女心切，像这样不顾礼法要求卸职回家的，不管在哪个令制国都闻所未闻。对此，连宽宏大量的老殿下也稍显愠怒，片刻间一言不发地盯着良秀，不久迸出一句："不可。"

---

① 呈现小儿面貌的文殊菩萨。——译者注

接着便猝然起身离去。这样的事情，前前后后发生了四五次。如今想来，类似的对话每出现一次，老殿下看良秀的眼神都会变得更为冷峻。而做女儿的，可能因为担心父亲，回到房里经常咬着衣袖低声抽泣。于是，老殿下有意于良秀的女儿的谣言愈加甚嚣尘上。也有人说地狱变屏风的由来，实际上就与良秀的女儿不遂老殿下所愿有关，这确实是耳食之论。在我们这些人看来，老殿下不让良秀的女儿归家，完全是出于可怜她身世的一片好心，与其让她待在如此冥顽不化的亲人身边，不如留在府中保她生活无忧。当然，说老殿下偏爱这位性情纯良的姑娘确实不假。但说他是好其姿色，恐怕太过牵强附会。不，应当说是子虚乌有的谎言。

此事暂且不论，就在良秀因女儿的事情令老殿下甚为怫然之际，不知为何，老殿下突然将他召来，命其绘制地狱变屏风。

六

一说到地狱变屏风,那恐怖的画面似乎又清晰逼真地浮现在了我的眼前。

同样是《地狱变相图》,良秀所画的与其他画师相比,首先从构图上就大相径庭。他在整面屏风一角很小的空间里画上十殿阎罗及其一众手下,其余地方一律是红莲及大红莲地狱烈焰滚滚的业火,火海卷起的旋涡几乎要吞毁刃树剑山。除了带有中国唐朝风韵的冥官服饰上点缀着黄色和蓝色以外,到处都是烈烈火焰,墨水挥成的黑烟与金粉吹就的火星狂舞,仿佛构成一个"卍"字。

单单如此已经成就令人目瞪口呆之笔势,在此基础上,那些业火焚身、百般煎熬的罪人也与普通地狱图中的形象几乎无一相同。为何?因为这众多的罪人,上至达官显贵下至乞食贱民,无论何种身份都被良秀纳入画中。身着束带正装威风凛凛的殿上人[①]、五层华

[①] 被准许在天皇便殿清凉殿朝谒的部分日本高官。——译者注

服加身的娇媚女官、挂着数珠的念佛僧、足蹬高木屐的武士子弟、身穿窄幅长袍的女童、手捧供神之物的阴阳师……若是一一数来，实在难以穷尽。总之，这些形形色色的人，在火涛烟浪之中受尽牛头马面狱卒的蹂躏，宛如风吹落叶，纷纷四处逃窜：发缠钢叉、手脚比蜘蛛更蜷缩的女人，应当是神巫一类的人物；胸刺短矛、蝙蝠般倒悬的男人，定是个功绩寥寥的地方官员。除此之外，或受铁鞭笞打，或千斤磐石压身，或遭怪鸟嘴啄，或陷毒龙口颚……受罪的方式亦是千人千刑，不知其数。

其中尤为惨不忍睹的，是一辆快要掠过好似兽牙交错的刃树（树梢上也是累累的亡者尸体，五体皆被贯穿）顶端，却从半空跌落下来的牛车。被地狱之风吹起的车帘后，一个看似嫔妃的女官，衣着华丽夺目，一丈长的黑发在火焰中翻飞，后仰着白皙的脖颈，正在痛苦挣扎。不管是这女官的样子，还是烈焰汹涌的牛车，无不让人感受到焦热地狱的凄惨苦楚，仿佛这大幅画面中的恐惧全都集中在了这一个人物身上。见此画者甚至会怀疑耳底响起了凄厉的喊叫，其画艺之精湛,堪称出神入化。

啊,是了,正是为了绘出这幅画,才发生了那件可怕的事情。若非如此,即便是良秀,又何以画出这般逼真的地狱苦难?他为了绘成这幅屏风,可以说甚至献出了生命。说起来,这画中的地狱,就是本朝第一画师良秀终将坠入的地狱……

我因为太急于介绍那稀世的地狱变屏风,颠倒了事情的前因后果。下面就继续讲讲良秀受老殿下之命绘画地狱图的事情。

七

接下来的五六个月里,良秀不曾再访堀川府邸,埋头进行屏风画的创作。像他这样爱女如命的人,一旦画起画来就连女儿也想不起来要见了,这不是咄咄怪事吗?听前文提到的弟子说,他只要作起画,就好像狐灵附体一般。实际上,当时人们风传良秀能以画技成名,是因为曾向福德大神起过誓。其证据就是,有人说只要在他作画时悄悄从暗处向里张望,必定能看到幽幽的灵狐身影,还不光一只,而是成群地簇拥在他前后左右。因此,他一旦拿起画笔,除了绘就画作之外,其他事情一概抛诸脑后。良秀不分昼夜在房内闭门不出,鲜见天日,特别是创作地狱变屏风之际,痴狂的程度更是变本加厉。

我说他痴狂,指的并不是他大白天也要落下房里遮光的格窗,在三脚灯台的火光之下调和神秘的颜料,或是让弟子们穿上便服、狩衣等,将他们的姿态一个个细致描画。像这样已算不太出奇的事情,但凡作画,就算画的不是地狱变屏风,他也会有类似的举动。比方说绘制龙盖寺五趣生死图的时候,一般人看到路上的死尸都会特地转移视线,他却走到跟前悠然坐下,将那半腐烂的脸孔和手脚毫发不差地画下来。那么,肯定有人要问,你说他痴狂,究竟是个什么样子?现在无暇详细阐述,我就先大致说个梗概:

有一天,良秀的一名弟子(还是之前提到过的那个)正调制颜料,师父忽然走过来说:

"我准备稍微午休一下,但最近总做噩梦。"这也不是什么稀奇的事情,所以弟子没停下手,只是平常地回应了一句:"是嘛。"然而,良秀却露出未曾见过的寥落表情,有所顾虑地拜托道:

"所以,能不能请你在我午睡的时候坐在我枕边?"弟子见师父一反常态,竟为做梦这种小事如此忧心,很是不解,但反正不是什么麻烦事,便应承道:

"遵命。"

师父听后仍忧心忡忡的样子,犹豫不决地说:

"那你马上到里屋来。不过,若是后面有其他弟子过来,别让他们进入我休息的地方。"他说的里屋就是用来作画的房间,这天也像入夜一般阖窗闭户,点着昏昏的灯火,只用炭笔勾勒出画面布局的屏风竖立着围成一圈。进入房间之后,良秀枕在手肘上,好似精疲力竭一般安然入睡了。可仅仅半个时辰的功夫,坐在枕边的弟子耳畔开始响起一种难以形容的惊悚声音。

八

最开始只是些声响，过一会儿逐渐变成断断续续的话语，仿佛溺水之人在水中呻吟一般，说出了下面这些话：

"什么？你叫我过去。哪里——到哪里去？到地狱来。到焦热地狱来。谁，谁在说话？你是谁——我以为是谁呢……"

弟子不由停下调制颜料的手，战战兢兢地窥视着良秀的面庞。师父满是皱纹的脸变得煞白，还渗出了大颗大颗的汗珠，嘴唇发干、牙齿稀疏的嘴巴张大了喘着粗气，嘴里面有什么东西好似拴在线上被不停地牵拉着，动起来让人头晕目眩。这不就是他的舌头吗？那些不连贯的话语原来是这舌头倒腾出来的：

"我以为是谁呢——哼，是你呀。我猜也是你。什么？来接我？来吧。到地狱来。地狱里面——地狱里面你女儿正等着你。"

这时，弟子感到头皮发麻，他好像看到有个骇状殊形的朦胧身影从屏风表面掠过,眼见着就要飘落下来。他立刻用尽全力摇晃良秀,但师父仍旧半梦半醒地自言自语,轻易醒不过来的样子。于是,弟子果断拿起一旁的洗笔水,"哗啦"一下浇到良秀的脸上。

"我等着你,坐这辆车来——坐上这辆车,到地狱来——"良秀说出这句话的同时,喉咙被扼住一般呻吟着。随后,他终于睁开眼睛,像被针扎了似的腾地跳起来。大概是梦中的妖魔鬼怪还没从眼前消失,好半天良秀的眼中满是惊恐,依旧大张着嘴朝天发怔。片刻后他回过神来,极端冷淡地吩咐:

"没事了,你出去吧。"弟子知道在这种时候忤逆师父的话今后免不了受责骂,于是匆匆退出师父的房间,见到外面依旧明亮的日光,才仿佛从噩梦中醒来一般,终于舒了一口气。

但这件事还不是最可怕的,一个月后,另一位弟子被特地叫进里屋,良秀还是坐在昏暗的油灯光线中,嘴里咬着画笔,猛然转向弟子说:

"劳烦你再脱光衣服。"这之前师父也不时如此吩咐,于是弟子赶紧脱去衣服赤裸着身体,良秀诡异地皱起眉头说：

"我想看人被锁链捆住，对不住了，能不能暂时听凭我处置？"但说话的时候声音冷冷的，没有半点过意不去的样子。这位弟子是个健壮的年轻人，比起手握画笔，似乎原本就更喜欢舞刀弄剑。但他听了师父这番话还是大为震惊，后来讲起这件事的时候还反复表示："我以为师父精神错乱，担心他会不会杀了我。"良秀看对方磨磨唧唧，许是焦躁了起来，不知从哪里掏出一根细铁链，在手上"唰啦唰啦"抽拉着，同时飞一般扑到弟子背上，不管三七二十一扭住他的双臂便是一顿五花大绑，接着又恶狠狠地将链条头一把拽起，弟子的身体受这一拽，"扑通"一声重重侧倒在地。

九

当时那弟子的模样，宛若一个翻倒的酒瓮，手脚都被不留情面地捆起来，能够动弹的只剩下脖子。壮硕的身体被铁链阻碍了血液循环，不管是脸蛋还是躯干，上面的皮肤统统透着血色。但良秀对此好像并不在意，围着他酒瓮似的身体上下左右地观察，绘了好几张相像的素描。在此期间被捆住的弟子是多么煎熬苦楚，相信无须我特别言明了。

假如什么事都没发生的话，弟子的这种苦痛恐怕还将延续下去。幸而（与其这么说，或许不如说是不幸）过了一会儿，从房间角落一个坛子的阴影里有类似黑油的东西，细细蜿蜒着流了出来。最开始比较黏稠，缓缓淌着，逐渐流畅地滑动起来，不久便闪着光流到弟子鼻头跟前，弟子不禁倒吸一口凉气，大叫：

"蛇——有蛇！"也难怪他当时感觉全身的血都要瞬间冰冻住了。实际上，这条蛇差点就要用它那冰凉的舌头触到被铁链深深勒住的脖颈上。发生如此猝不及防的事情，即便是再不守常理的良秀恐怕也是心惊肉跳。他慌忙扔掉画笔，遽然弯下身子，迅速抓住蛇尾，把它倒挂起来。被吊起的蛇抬起脑袋，敏捷地往自己的身上卷，但不管怎样都碰不到良秀的手。

"都怪你这家伙，害我画坏一笔！"

良秀恨恨地嘟囔一句，把蛇直接扔进房间角落的坛子里，然后百般无奈地把捆在弟子身上的锁链解开，而且他只管松开链条，对弟子却没一句安慰之辞。大抵是比起弟子被蛇咬，自己的图画坏了一笔更令他恼火。后来一问才知，这条蛇也是他为摹画其姿态特地养的。

听过这些事情，诸位对良秀近似疯狂的、令人毛骨悚然的痴迷方式应当大致有所了解了。最后再举一个例子，此事发生在一个只有十三四岁的弟子身上，也是因为地狱变屏风差点送命。这位弟子天生皮肤白皙，宛如女人一般。有天晚上，师父不露声色地将他唤入里屋，进去看到良秀在灯台的火光下手捧腥臊的肉块，正喂着一只从未见过的鸟。这鸟跟平常的猫一般大小，无论是它耳朵一样向两边突出的羽毛，还是那类似琥珀色的大圆眼，看起来都跟猫相去无几。

十

良秀这个男人，本来就很讨厌别人置喙自己的事情，自己房里有什么东西，包括前面提到的蛇在内，是连弟子们也不知会的。桌上有时放着骷髅，有时又摆上银碗和莳绘①高脚杯，根据他当下所画之物的不同，房里会出现各式意想不到的东西。但是，没人知晓这些东西平时究竟归置在哪里。之所以传出良秀受福德大神冥助的流言，其中一个缘由应当就在这里。

所以，这位弟子心想，桌上那只古怪的鸟肯定也是画地狱变屏风所需。他毕恭毕敬地走到师父面前问："您有何吩咐？"良秀仿佛没有听见似的，下巴往鸟的方向抬了抬，用舌头舔舔鲜红的嘴唇说：

"怎么样？驯养得很好吧？"

"这是什么鸟？我还从没见过。"

弟子一面这么说着，一面用厌弃的眼神不客气地盯着这只猫一般长了耳朵的鸟。良秀用他一贯的嘲笑口吻说：

"什么？没见过？所以说城里长大的人不行。这是两三天前一位鞍马的猎人送我的鸟，是只雕鸮。不过，

---

① 日本的传统工艺，在漆器上以金、银粉等材料绘制而成的纹样装饰。——译者注

驯得这么乖巧的还是少见。"

说着他慢慢抬起手,从下往上轻抚刚吃完饵料的雕鸮那背上的毛。刹那间,这只鸟突然发出一声尖锐而短促的啼鸣,腾地从桌上飞起,张开两爪就往弟子的脸上猛扑过来。倘若当时弟子没有赶忙用袖子遮住脸,定会被抓出一两道伤口。他大叫着挥动衣袖,想要赶走这只鸟,雕鸮趁着有利形势啼叫着再次冲上来。弟子忘了还在师父面前,又是站着防备,又是坐下驱赶,不由得在狭窄的房间里上蹿下跳。怪鸟也随着他忽高忽低地飞着,一见到空隙就对准他的眼睛急扑过去。每次翅膀猛烈发出的"呼啦呼啦"的声响,都让人生出一种难以言说的感觉,仿佛落叶簌簌,宛若瀑布飞沫,又有野果子发酵的腐臭之气,别提有多恶心。说来,这位弟子也曾提到过,房里油灯那晦暗的光线好似朦胧的月光,而师父的房间感觉就像遥远深山中被妖气封锁的山谷,令人惶恐不安。

但这位弟子畏惧的,不仅仅是被雕鸮袭击一事。不,比这更令人毛骨悚然的是师父良秀,他冷眼看着这场骚动,徐徐展开纸张,舔湿画笔,描画着女子般的少年被怪鸟袭扰的可骇场面。弟子看了师父一眼,立时陷入难以名状的恐惧之中。事实上,他一度担心自己会不会因师父而死。

十一

其实,被师父杀死的这种想法也并非无中生有。那天夜里良秀故意把弟子叫来,实则打算唆使雕鸮进行攻击,好让自己画下弟子抱头鼠窜的模样。弟子一看师父的样子,就用两袖护头,不由自主地发出自己也不明其意的悲鸣,接着缩进房间角落的拉门底下一动不动。就在这时,良秀也惊叫着站起身,雕鸮的翅膀霎时间更剧烈地拍打起来,耳朵里传来东西翻倒和破碎的嘈杂声。弟子因此再度失魂落魄,禁不住抬起掩住的头来,发现房间里不知何时变得一片漆黑,师父呼唤弟子们的叫声从黑暗中焦急地传出来。

未几,一个弟子从远处回应了一声,提灯匆匆赶来,借着散发着煤油味的灯光看到三脚灯台已被打翻,地板上、草席上全是灯油。刚才的雕鹗这时只有一边翅膀扑棱着,痛苦地在地上打转。良秀在桌子对面半直起身体,一副惊呆了的表情,嘴里嘟哝着些听不懂的话——此等反应却也是情理之中。雕鹗从脖子到半边翅膀都被一条乌黑的蛇紧紧缠住。大概是弟子缩进角落的时候打翻了那边的坛子,里面的蛇爬出来之后雕鹗硬要抓住它,最终引发了这场大骚乱。两位弟子面面相觑,有一阵只是木然地看着眼前不可思议的光景,不久便向师父默默行了一礼,蹑手蹑脚地退出房间。蛇和雕鹗后来结局如何,谁也不知道。

类似这样的事情,除此之外还有许多。前面我漏说了,良秀受命绘制地狱变屏风是初秋的事情,自此之后直到冬末,弟子们一直处于师父怪异行为的威胁之中。但到了冬末的时候,良秀可能是因为屏风画的创作不太顺利,样子相较之前更加阴郁,说话的口气越发粗暴。同时,屏风画的进度也停滞不前,草稿画完八成之后就再无新的进展。不,看样子连至今为止已经画好的部分都有可能被涂掉。

可是,屏风的绘制上究竟遇到了什么阻碍,谁都不清楚,也不想弄清楚。此前的事情让弟子们长了教训,他们仿佛与虎狼同处一槛似的,都想方设法尽可能不靠近师父身边。

十二

所以,这一期间的事情没有什么特别值得一提的。非要说的话,那就是这个倔强的老头不知怎地变得爱掉眼泪起来,甚至有人说他时常在没人的地方一个人抹眼泪。特别是一天,某位弟子有事独自来到庭院时,看到师父站在走廊上呆望着春日将近的天空,眼中似乎噙满了泪水。弟子见状反而不好意思起来,默不作声地悄悄折了回去。那个为了画《五趣生死图》能对着路边尸骸写生的硬骨头男人,居然因为屏风画创作不如意这样的小事孩子似的哭泣起来,岂不稀奇?

然而,这边良秀如同精神失常似的沉迷于屏风的绘制之中,另一边他的女儿却不知为何日益郁郁寡欢,就连我们都注意到了她强忍泪水的样子。她本来就是个谨言慎行的姑娘,生了一张雪白的忧郁脸蛋,如此一来好似她的睫毛都沉重了起来,发青的眼眶看着分外落寞。最开始大家做出种种揣测,是在为父亲担心,还是在为恋爱烦恼?中途又开始风传是因为老殿下想让她从了自己。到后来就好像所有人都忘了似的,有关良秀的女儿的流言戛然而止。

事情大概就发生在这个时候。某天晚上,夜已很深,我正一人走在廊上,猴子良秀不知从哪里冷不防地飞身而来,不停扯我的裤腿下摆。那天应当是个已经能隐隐闻到梅香的温暖夜晚,月光淡淡的,借着光亮我看到猴子露出白晃晃的牙齿,皱起鼻头,有如疯了一般尖声啼叫着。三分出于惊骇,七分因为新裤子被拽感到气愤,最开始我打算把猴子踢开后径直走开去,转念又回想起之前那个侍卫因责打猴子惹小殿下动怒的先例,而且,看这猴子的举动,事情似乎并不简单。因此,我终于下定决心,往它拉扯的方向走了十来米。

顺着走廊转过一道弯,此时虽是夜晚,却也能在线条柔和的松树对面望见一泓浅白色的池水。近处某个房里有人推搡的动静,钻进我耳中的声音既慌乱又莫名地沉寂。四周一片静谧,天上的不知是月晕还是雾霭,除了鱼儿跳跃的声响,听不到任何说话声。我不由自主地停住脚步,心想若有歹徒定要给他些颜色瞧瞧。于是屏住呼吸,悄悄贴近拉门外侧。

十三

可是猴子良秀也许觉得我的做法不足以釜底抽薪,火急火燎地围着我的脚跑了两三圈,接着发出喉咙被掐住似的啼叫,一蹬腿飞也似的上了我的肩膀。为了不被它的爪子抓到,我不自觉地脖子后仰,而猴子为了不从我身上滑落下去,咬住了我的衣袖。在这情势之下,我身不由己地踉跄了两三步,身体背对着拉门重重撞了上去。事已至此,已经容不得半点踌躇。我当即打开拉门,正要跳进月光照不到的房间深处。但那时遮挡在我眼前的——不,不如说是让我惊吓不已的,是同一时间有个女人弹出来似的往外跑。这女人差点迎头撞上我,她趁势向外扑倒,又不知为何跪在那里，气喘吁吁地仰头看着我，好像见到了什么惊悚的东西一样战战栗栗。

不用说，这当然是良秀的女儿。但那天晚上的她，仿佛换了个人，看起来十分鲜活。她的眼睛熠熠生辉，脸颊红得像火。散乱的衣裙打破了平素的稚嫩，甚至为她添上了一抹妖艳。这真的是那个柔柔弱弱、万事谨慎持重的良秀的女儿吗？我把身子靠在拉门上，一面看着月光下动人的姑娘，一面指着另一人仓皇远去的脚步声方向，用眼神默默地询问那是谁。

只见她咬着嘴唇，不作声地摇了摇头，样子看起来万分委屈。

于是，我弯下腰，靠近她耳边用很低的声音又问了一遍："那是谁？"可良秀的女儿还是一言不发，只顾着摇头。与此同时泪水在她长长的睫毛上凝聚起来，嘴唇比之前咬得更紧了。

可惜对于生性愚钝的我来说，除非是极其清晰明了的事情，否则一概无法理解。因而我一时不知该说什么，只是倾听着她胸中的悸动，愣愣地站在那里。不过，我这么呆站着，也是因为觉得继续追问下去实在于心不忍。

不知如此僵持了多久,最后我合上一直敞着的拉门,反身看着脸上褪下些许红晕的良秀的女儿,尽可能温柔地说了句"请回房吧"。自己也像看了不该看的东西似的,心中袭来一种不安,怀揣着无来由的惭愧之情,轻手轻脚往方才过来的方向走去。但还没走上十步,又有人从后面怯生生地扯住我的裤脚。我吃了一惊,回过头来。诸位觉得会是什么呢?

定睛一看,原来是猴子良秀,像人一样双手触地跪在我脚边,恭敬地频频低头,黄金铃铛晃得叮叮直响。

十四

那晚的事情之后又过了半个月。有一天,良秀突然来到府上,请求立刻参见老殿下。虽说他身份低微,但可能因为平日里特别受老殿下青睐,不轻易见人的老殿下那天也爽快答应,很快就召他来到近前。良秀跟往常一样,穿一身黄褐色狩衣,头戴软乌帽,脸板得比平时更难看了。他毕恭毕敬地跪在老殿下面前，接着用嘶哑的声音说：

"您早前命我绘制的地狱变屏风，我日夜殚精竭虑，终于有所成效，几乎就要大功告成。"

"可喜可贺。我也很满意。"

但老殿下说话的声音却莫名地有气无力，听上去无精打采的。

"不，没什么值得高兴的。"良秀显出有些恼怒的样子，眼睛一直低垂着，"大致上是完成了，可只有一处，我现在还画不出来。"

"什么？有画不出来的地方？"

"正是。我这人，若非亲眼所见之物是画不出来的。即便勉强下笔，也达不到满意的效果。那跟画不出来还不是一回事？"

听了这番话，老殿下的脸上浮现出嘲讽般的微笑：

"也就是说，要画地狱变屏风的话，必须先看过地狱才行咯。"

"您所言极是。不过，前几年发生大火的时候，我亲眼看到了与焦热地狱的猛火不相上下的烈焰。之所以能画出《不动明王像》中的火焰,就是因为目睹了那场火灾。您也知道那幅画吧。"

"但罪人该怎么画呢?地狱里的狱吏你没见过吧?"老殿下仿佛完全听不进良秀说的话,连珠炮似的发问。

"我见过被铁链捆绑起来的人。被怪鸟袭扰的人是什么样子,我也仔仔细细画了下来。如此一来,也不能说我没见过罪人被摧残的样子。而狱卒的话——"说着良秀露出阴森的苦笑,"狱卒的话,多少次在我半梦半醒之际出现在眼前。或牛头、或马面、或三头六臂的鬼怪模样,拍手、张口全没有声响,几乎每日每夜都来折磨我……我所说的想画画不出来的东西,并非这些。"

对此,连老殿下也吃了一惊。他只是焦躁地瞪眼瞧着良秀的脸,少顷,冷峻地动了动眉毛,满不在乎地说道:

"那你说是什么画不出来?"

十五

"我想在屏风的正中间画一辆槟榔叶牛车①从空中掉落。"良秀说着,第一次将锐利的目光聚焦在老殿下的脸上。我听说过良秀一提到画的事情会变得如癫似狂,看他当时的眼神,确实令人胆战心惊。

"这辆车里,有个衣着华贵的女官,在猛火之中黑发缭乱地痛苦挣扎。脸庞受着烟熏火燎,眉头紧蹙,仰面朝向车顶。她的手或许会拽下车帘,试图挡住那雨点般降下的漫天火星;而且,她的四周有十只、二十只奇形怪状的大雕,纷纷唳叫着盘旋缭绕。唉,但是,那牛车上的女官,我怎么也画不出来。"

"然后——如何?"

老殿下催着良秀往下说,心情不知为何似乎出奇地愉悦。但良秀的红唇像发烧一般颤抖着,梦呓似的又重复了一遍:

"我就是画不出来。"突然间又拿出要咬人的气

---

① 日本古代高官乘坐的牛车,用晒干的槟榔叶覆盖车厢。——译者注

势说,

"能否请求您,在我面前点燃一辆牛车?并且,要是可以的话——"

老殿下的脸色先是一沉,忽又哈哈大笑起来。他一边喘不过气似的笑着,一边说:

"嗯,万事都照你说的办。什么可不可以的,多说无益。"

听了这话,不知是不是因为某种预感,我总觉得心里很害怕。事实上,老殿下的样子看起来也极度反常,有如染上了良秀的癫狂,嘴角堆起白沫,眉毛触电似的颤动着。他停顿了一下,又立刻止不住地从喉头爆发出笑声,同时说道:

"牛车的这把火要点,除此之外还要让一个美艳的女子打扮成高位女官的样子乘在车上。车里的女人,将在火焰和黑烟中挣扎着丧命——居然想到要画这样的场景,不愧是天下第一画师!妙,啊呀,妙哉妙哉!"

听了老殿下的话,良秀的脸上顿时没了血色,唯有嘴唇透不过气似的一张一合,没过多久,仿佛全身的筋肉都瘫软了下来,精疲力竭地将双手支在草席上,用轻到若有似无的声音郑重致谢:"殿下恩泽,不胜感激。"大概是他透过老殿下的话语,清楚地看到了自身想法的可怕。我这辈子唯一一次觉得良秀是个可怜之人就在这个时候。

十六

此后又过了两三天,这天晚上,老殿下按照约定,召来良秀从近处观看火烧牛车。不过,地点不在堀川的府邸,而是老殿下妹妹过去居住的京外山庄,俗称融雪御所。

这个融雪御所很长时间没人住过,偌大的庭院已经破败荒芜。关于在此离世的老殿下妹妹,也有谣言传出,估计是有人见到这里了无人气的样子,胡乱编造的。其中一则说的是,直到现在每逢不见月亮的夜晚,仍然有诡异的身影穿着绯红色裙子脚不着地地在走廊上游荡。这也难怪,此处连白天都十分荒凉,等到太阳一下山,流水声更是格外阴冷,星光下飞翔的夜鹭也像怪物一样叫人脊背发凉。

当天恰好也是一个没有月光、伸手不见五指的夜晚，借着油灯的光线可以看到，老殿下的座位靠近檐廊，他上身穿浅黄色便袍，下身是深紫色浮纹扎脚裤，挺直了背盘腿坐在白色锦缎镶边的圆垫上。前后左右有五六名近侍恭敬待命，这里就不必赘述了。不过，其中有一位看着特别打眼，此人是个彪悍的武士，据说前几年在跟陆奥国[①]打仗时因饥饿吃过人肉，那之后长出了徒手掰断鹿角的力气。武士身披护腹铠，佩在腰间的大刀刀尖上指，神色威严地蹲在檐廊下面。在晚风吹拂中摇曳的灯光下，一切都忽明忽暗，几乎分不清是梦境还是现实，却又不知为何全都一览无余。

此外，黑夜沉沉地压在庭院里那高高的车篷上，车上没有套牛，黑色的车辕斜架在脚榻上，金饰上的黄金有如星星，闪动着点点光亮。时节虽是春季，看着却总觉得寒意侵肤。牛车里面被浮纹包边的青色帘布遮得严严实实，看不到车厢里有些什么。围在牛车

---

① 日本古代的令制国之一，位于日本五畿七道的东山道。——译者注

旁的杂役们个个手持熊熊燃烧的火把,一边注意不让黑烟向檐廊那边飘散,一边小心仔细地候着。

良秀跪在了稍远一些的地方,恰好正对着檐廊。貌似依旧穿着那件黄褐色狩衣,头戴软乌帽,好像承受着星空的重压似的,看上去比平时更矮小、更寒酸。他身后还蹲坐一人,穿戴与他相似的狩衣和乌帽,多半是他带来的弟子。由于两人恰好坐在远处幽暗的阴影里,从我所在的檐廊下面望去,连衣服的颜色都分辨不清。

十七

时间已近午夜,笼罩着林泉庭院的黑暗悄悄隐去了声响,窥探着所有人的气息,耳边只有夜风轻柔吹拂的声音,每每送来火把燃烧的烟煤味。老殿下沉默了片响,目不转睛地注视着眼前奇特的景象,接着向前动了动膝盖,高声喊道:

"良秀。"

良秀似乎应了一句什么，可传进我耳朵里的时候只剩下呻吟声。

"良秀，今夜便如你所愿，为你放火烧车。"

老殿下说罢，对一旁的侍者使了个眼色。这时候，他和近侍们似乎交换了一个别有深意的微笑，或许只是我多心了吧。良秀畏畏缩缩地抬头仰视檐廊上方，仍旧一言不发地静候着。

"看好了。那是我平日的座驾。你也记得吧！下面我就要点着这辆车，让焦热地狱现于眼前。"

老殿下又顿了顿，用眼神示意近侍们。接着，陡然以不痛快的语调说："车里绑着一个有罪的女官，若是点燃牛车，必将她烧到肉焚骨焦，痛不欲生地迎来死亡，以此作为绘成屏风的参照再好不过。你好好看那雪白肌肤烧成焦黑，那黑发化成火星翩翩飞舞的样子，千万别看漏了。"

老殿下第三次沉默下来，不知在想些什么，然后颤动起肩膀，不出声地笑着说：

"这将是个空前绝后的场面，我也在此一观。赶快，把车帘挑起来，让良秀看看里面的女人吧。"

一名杂役听罢老殿下的命令就用单手高举火把，健步走近牛车后立即伸出另一只手，麻利地挑起车帘。噼啪燃烧的火把晃动着红色的火焰，立时照得狭小的车厢纤毫毕现。被残忍锁在车座上的女官——啊，谁会看错呢？她身上穿的是绣有樱花的华丽唐衣①，顺滑亮泽的黑发披垂着，斜插的金钗灿然夺目。她的打扮虽不同往日，但那娇小的体形、头颈处白皙的皮肤以及那透着凄楚的稳静侧脸，不是良秀的女儿又是谁？我惊得差点叫出声来。

就在这时，跟我面对面的武士急忙起身，一手握住刀柄，厉色瞪视着良秀所在的方向。我惊愕望去，此情此景之下，良秀几近发狂，刚才还蹲坐着，乍然间飞身站起，向前伸出双手，不假思索地朝牛车奔去。前面我已说过，良秀身在远处的阴影之中，我看不清他脸上的表情。但情况转瞬间就变了，良秀脸色惨白的面孔，不，准确地说是他仿佛被什么看不见的力量吊在空中的身姿，倏地冲破晦暗的阴影，无比清晰地

---

① 贵族女性朝服最外层的一件。——译者注

出现在了我的眼前。此时,随着老殿下一声"放火",杂役们扔出的火把汇成一片火海,吞噬起良秀的女儿乘坐的牛车。

十八

火苗转眼间漫上了车顶。车檐上悬挂的紫色流苏被风火吹得左摇右荡,夜色下依然清晰的白烟打着旋从下方升腾而起。雨点般的火星纷纷扬扬,帘子、侧板、上梁的金饰仿佛都要一齐碎裂飞溅,场面之惨烈无以言说。不,更可怕的是,烈烈火舌一边舔着车厢前两侧的格棂,一边朝半空爬升,宛如红日落地、天火迸溅。之前险些叫出声的我,此时已经魂不附体,唯有茫然地张嘴呆望着这触目惊心的光景。然而,身为父亲的良秀——

良秀当时的表情,我至今历历在目。他条件反射似的往牛车跑去,在火焰蹿起的同时停住脚步,双手仍然向前伸着,用犀利的目光全神贯注地盯着火焰缭绕的牛车。周身的火光，把他那张皱巴巴的丑脸映照得连髭须都根根分明。但无论是他瞪大的眼睛、扭曲的嘴唇还是不断痉挛的脸颊，都将良秀内心翻腾的恐惧、悲伤与震惊分明地刻画了出来。即便是将要被砍头的盗贼或是犯了五逆十恶被带到十殿阎罗面前的罪人，脸上的表情都不会像他那样痛苦。见此情状，就连那魁岸有力的武士都大惊失色，诚惶诚恐地仰望着老殿下的面庞。

然而，老殿下紧咬着嘴唇，脸上不时露出瘆人的笑容，眼睛一刻不离地盯着牛车。而车厢之中——啊，那时车厢中良秀的女儿的模样，我终究没有勇气详细描述。她被烟呛到仰面朝天的脸庞是多么白，被火扫过后凌乱的头发是多么长，眼见着要被火焰吞没的樱花唐衣是多么美……这是一幅何等惨恻的画面。尤其当夜风一下将烟气吹散的时候，在撒了金粉似的红色焰火中，她口咬长发拼命要挣断捆住自己的链条，那样子简直是将地狱业苦置于眼前。不管是我还是魁梧的武士，人人都情不自禁地寒毛竖起。

随后，夜风再次"哗"一声吹过院中树木的梢头。

大概所有人都认为这是一阵风。那声音在黑暗的夜幕下不知传向了何处,顿时,有团黑影既不沾地也不凌空,像球一样弹跳着径直从御所的屋顶蹦入火光冲天的牛车中。随后,在涂上朱红颜料似的牛车侧格棂被"噼里啪啦"烧塌之际,黑影环住了仰面朝天的良秀的女儿,裂帛般撕心裂肺的刺耳叫声穿透黑烟被送到很远的地方。接着,又是两声、三声……我们都不由自主地同时发出"啊"一声惊叫。因为火帘之后,依偎在良秀的女儿肩上的,是那只被拴在堀川府邸、诨名良秀的猴子。这猴子究竟是如何潜入融雪御所的,自然无人可知。正因良秀的女儿平素对它宠爱有加,这猴子才会跟着跃入火海吧。

十九

不过,猴子的身影转瞬便看不见了。火星有如撒在漆器上的金粉,纷纷扬扬在空中飞舞,不管是猴子还是良秀的女儿,都隐没在了黑烟背后。庭院正中只剩一辆火牛车，伴随着凄厉的声响在火焰翻滚中燃烧着。不，看那滔天烈火冲着星空翻腾燎烧的样子，与其说是火牛车，毋宁说是一道火柱。

在这火柱之前凝固住一样纹丝不动站着的良秀是多么不可捉摸啊。刚才似乎还因地狱的折磨苦不堪言，此时他满面皱纹的脸上竟浮现出难以形容的、心醉神迷般的光辉。他好像忘了老殿下的存在，两手紧抱在胸前伫立着。他眼中的似乎不是在挣扎中生命垂危的女儿。他看到的唯有火焰那明艳的色彩以及置身其中痛苦煎熬的女人形象，给他的内心带去了无限欢悦。

更让人不可思议的是，良秀貌似不光在欣喜地观看自己的独生女儿断气。那时的他，莫名有一种不属于人类的、好似梦中所见的狮王愤怒时展现的奇特威厉。因而，不知是不是心理作用，连那无数因突如其来的火势受到惊吓而鸣叫盘桓的夜鸟，也都不敢靠到良秀的软乌帽附近。恐怕在无心的鸟眼之中，也映照出了他头上如佛光般高悬的神秘威严。

鸟儿尚且如此，我们这些杂役更是个个大气不敢出，身体由内而外地颤抖着，满怀异样的随喜之心，宛如见到开眼的佛陀，目不转视地凝望着良秀。牛车上沸反盈天的烈火、因此而如痴如醉伫立着的良秀……何其庄严、何其欢喜！然而，此时只有檐廊上的老殿下如同换了个人似的，脸色铁青，嘴角聚起白沫，两手紧攥着膝上的紫裤子，宛若口渴的野兽一般不断喘息。

二十

那夜老殿下在融雪御所烧牛车的事情，不知通过谁的嘴巴传了出去，人们对此作出诸多批判。首先，老殿下为何要烧死良秀的女儿——谣传最多的是说因为爱慕不成反生恨意。但老殿下心中的打算，定是要惩治画师那即便烧车杀人也要绘出屏风画的扭曲本性。事实上，我还听老殿下亲口这么说过。

此外，良秀那即便女儿在眼前被烧死仍要绘制屏风的铁石心肠也是舆论的一大焦点。还有人抨击他为了绘画竟连亲情都不管不顾，是个人面兽心的狂人。那位横川的僧都也是这种说法的拥护者，他经常说："无论一项技艺多么登峰造极，做人若是不辨五常，定会堕入地狱。"

大约一个月后，良秀终于绘成了地狱变屏风，赶忙将其献到堀川府邸，恭敬地请老殿下过目。恰巧当时僧都也在场，见到屏风画之后，也禁不住为那一方天地间呼啸翻腾的火风焰雨所震惊。之前他还板着脸不客气地盯着良秀，这时竟情不自禁地一拍大腿说："了不得！"听罢此话老殿下露出苦笑的样子，我至今难忘。

自那以后，至少在老殿下府邸上，几乎没有人再说良秀的坏话了。或许是因为所有看过屏风的人，无论平时多么厌恶良秀，都被一种说不出的庄严感打动，好像真切地体味到了焦热地狱的大苦大难。

然而，良秀这时候已经不在人世。完成屏风的第二天夜里，他就在自己房间悬梁自缢了。估计是送走独生女儿之后，无法接受自己继续安闲偷生吧。尸体至今还埋在他家的旧址之下，但那块小小的墓石历经了其后几十年的风吹雨淋早已生满苔藓,分辨不清是谁人的坟冢了。

大正七年(1918年)四月

邪 宗 门

凹 一 凸

前番，我讲了老殿下一生中最骇人耳目之事——地狱变屏风的由来。这回，我想谈谈小殿下生涯中仅此一件的离奇事。不过，在此之前，容我先大致说一说老殿下因意想不到的急症而薨逝的事情。

那时，小殿下当是十九岁的年纪。虽说老殿下患上的是意想不到的急症，但实际上从大约半年前开始就出现了各种凶兆：府邸上空有星辰划过，院中的红梅未到花季就一齐绽放，马厩里的白马一夜间变黑，池水瞬间干涸致使鲤鱼、鲫鱼在泥中挣扎。其中有一件事尤为令人惶遽，某位侍女曾梦到，一辆貌似良秀的女儿所乘的熊熊燃烧的牛车，由人面野兽拉着从天而降。车中传出一个温柔的嗓音大声道："迎老殿下上车。"这时，那头人面野兽发出古怪呻吟，侍女半梦半醒之际见它抬起头来，只有嘴唇红得耀眼。她不由得尖声惊叫着总算清醒过来，全身都被冷汗透湿了，一颗心还紧张得怦怦直跳。因此，不管是老夫人还是我们下人，无不心如刀割，府里各扇门上都贴了阴阳师的护符，还请来灵验的法师做了各式祈祷，但老殿下的结局恐怕是不可避免的前世业报。

某日——这是个眼看着就要下雪的大冷天，老殿下从今出川大纳言①府邸出来后,在回府的车架上突然发起高烧,回到府上的时候已经只能一个劲儿地说"热!热!"不仅如此,他全身上下都是一片吓人的紫色,那模样好像要把被褥上的白绢都烧焦一般。当时老殿下身边固然有法师、医师、阴阳师等人费尽心力,但他的体温却越烧越高,没多久便滚到地上,忽然变了个人似的用暗哑的声音狂吼道:"啊,我身体里着火啦!这烟叫我该当如何!"仅仅三个时辰的功夫,老殿下没留下任何遗言就凄惨离世了。那时的悲痛、恐惧、惜别——连同缭绕在格窗间的护摩②之烟,侍女们恸哭着东跑西窜的红裙以及茫然不知所措的法师、术士的身影,到如今仍旧历历在目。即便只拣要点简略叙述,我的眼泪也止不住地夺眶而出。然而,在这之中,年轻的小殿下丝毫没有显出慌乱的神色,只是阴沉着铁青的脸一动不动地坐在老殿下的枕边。想到这点,不知怎地总觉得能嗅到锋利的刀刃上那寒意袭人的气味,

---

① 日本律令太政官制度下设立的官职,属于上卿之一,相当于中国封建王朝的亚相或亚槐。——译者注
② 佛教仪式的一种,设坛将供品投火烟供,以此消灾祈福。——译者注

但同时又有一种小殿下可堪倚仗的奇特心境。

二

虽说老殿下和小殿下是父子，但是像他们这样从样貌到脾性都迥然相反的父子也实在稀有。诸位都知道，老殿下心宽体胖，而小殿下是中等身材，可以说生来就比较瘦削。就容貌而言，小殿下生得温柔，浑不像老殿下那样一张神将似的面庞全是男子气概。小殿下与貌美的老夫人简直是一个模子里刻出来的，女相的脸上是两条紧靠的眉毛、一双明亮的眼睛以及稍显独特的嘴角。但是，他的脸上总让人觉得潜着些晦暗、沉静的阴影，尤其是穿上正式的朝服之后，与其说是气宇轩昂，毋宁说是散发着神圣而安宁的微光。

不过，老殿下与小殿下尤为不同的，应当是他们的性情。老殿下所为之事无不豪放、宏大，不做到惊人耳目不罢休，而小殿下欣赏的是纤细与优雅的意趣。举个例子，老殿下的心性从那堀川府邸便可见一斑，而小殿下为亲王建造的龙田院,其规模虽小却是一派菅原道真^①诗歌中的景致。那满眼红叶的庭院、那院中穿行的一缕清泉,还有那随波逐流的几只白鹭,无不展现出小殿下风雅的品位。

正因如此,老殿下好逞武艺威风,而小殿下最喜诗歌管弦,但凡个中名家好手,不问身份尊卑全都亲密相交。不,小殿下对于艺术不单是喜欢,自己也常年潜心探求其中奥秘,虽不吹笙,但有人甚至传言自那著名的源经信以来,怀有三舟之才^②的唯小殿下一人。是以,堀川府的家族和歌集中至今仍留存着小殿下的诸多秀句名歌。其中最为世人称道的,是在良秀绘了《五趣生死图》的龙盖寺举办法事之际,小殿下听过两位唐人的问答之后咏出的和歌。当时,那两人看到磬上铸有两只孔雀左右夹住八瓣莲花,一人说:"舍身惜花思。"另一人立即答:"打不立有鸟。"在场的人们不解其意,都议论揣度起来。小殿下听后,将手中

---

① 日本平安时代的贵族、学者、诗人、政治家,擅长创作汉诗。——译者注
② 同时擅长汉诗、管弦、和歌这三种才艺的人。——译者注

的扇子翻到反面，在上面流畅而优美地写下了赠予在座众人的和歌：

舍身惜花思，打不立有鸟。①

三

老殿下和小殿下在方方面面都有天壤之别，致使两人之间的关系似乎也有嫌隙。世人就此传出种种流言，有人说这对父子为同一位皇族女官争风吃醋才会如此，这般荒唐之事自然是他们信口开河。在我记忆中，小殿下十五六岁的时候，似乎就已经与老殿下有了不和的苗头。小殿下从不吹奏的管弦唯有笙，这一点前面我也曾一笔带过，其根源就与当年发生的事情有关。

那时，小殿下对笙颇为喜爱，拜了远房兄长同时

---

① 日语原文为：身をすてて 花を惜しやと 思ふらむ 打てども立たぬ 鳥もありけり。——译者注

也是中御门的少纳言^①为师。这位少纳言是笙乐演奏的稀世名家,家中有著名的"伽陵"笙以及"大食调入食调"乐谱世代相传。

小殿下在这位少纳言的指导下长期切磋琢磨、积累经验,但每次提出希望师父传授"大食调入食调"之时,不知少纳言出于何种想法,就是不予同意。小殿下再三恳求,却从未得到过满意的答复,当时年纪尚轻的小殿下定是万分遗憾。这天,跟老殿下下双陆棋^②时,不经意间流露出了自己的不满。老殿下像平常一样气定神闲地笑着,温和地安慰道:"无须抱怨。要不了多久乐谱到手的时机就会出现的。"此后不到半月的一天,中御门的少纳言在堀川府邸参加完宴会后,回程的途中突然吐血身亡。此事先不去深究,次日,小殿下信步走到起居室时,发现不知是谁将那"伽陵"笙以及"大食调入食调"乐谱好好地摆在了镶嵌着螺

---

① 为律令太政官制度下的第三等判官,是少纳言局的主官,定员三人。——译者注
② 古代的一种棋盘游戏,掷骰子决定棋子的移动,先将所有棋子全部移入敌阵者获胜。——译者注

钿①的桌上。

其后，老殿下又跟小殿下下双陆棋之际提醒他似的说：

"最近你吹笙的技艺又有长进吧。"

小殿下默默盯着棋盘，冷淡地答道：

"不，我决定一辈子都不再吹笙了。"

"为何不吹？"

"聊以吊唁少纳言的在天之灵。"

说罢小殿下目不转睛地注视着父亲的脸庞。可老殿下仿佛听不见他说话，用力地甩着掷骰子的筒说：

"这次我又要赢啦。"并且若无其事地继续下棋。因而，这样的问答就此再未出现过，但两父子的关系似乎从这时开始变得别扭起来。

四

自那以后一直到老殿下逝世，这对父子宛如两只

---

① 在漆器或木器上镶嵌贝壳或螺蛳壳的装饰工艺。——译者注

苍鹰相互窥伺着在空中盘旋,这种不留余地的对峙一直持续着。不过,前面我也说过,小殿下厌恶一切争吵口角,因而对于老殿下的所作所为,几乎从未进行过反抗。每次都只是在他那独特的嘴角上挂起讽刺的微笑,说出一两句尖锐的批判之辞而已。

对于老殿下即便在二条大宫遇到百鬼夜行也不以为意的事情,此前京中京外都颇有溢美之词,而小殿下却觉得很滑稽似的对着我说:"那不是鬼神遇上鬼神了嘛。父亲能安然无恙也没什么稀奇。"源融左大臣夜夜出没于河原院的鬼魂在老殿下的一声呵斥下退散之后,我记得小殿下还是照常一面歪嘴笑着一面说:

"据说源融左大臣富有诗文之才,定是觉得与我父亲这样的人无话可说才消失不见的。"

但这些话在老殿下听来比什么都刺耳,不经意间听到小殿下这么说的时候,老殿下表面上苦笑着想敷衍过去,但心中的怒火却明明白白地写在脸上。又有一次,老殿下从宫中参加完赏梅宴回府的路上,车架上的牛挣开缰绳伤了路过的老人。这位老人却双手合十,表示老殿下就像佛菩萨在世,被他的牛所伤是神佛助佑的殊胜之事。当时小殿下当着老殿下的面转向赶牛车的童子说:"你可真蠢。反正牛终归要脱缰逃走,为何不拉车轧死那个下人?他不是个受了伤还双手合十表示随喜的老头吗?若是得以在车辙下往生,肯定觉得比圣众来迎更难得。如此一来父亲的名誉也能更上一层楼。真是个不长眼的家伙。"那时老殿下火冒三丈,看样子举扇就要打将下来,我们个个吓出一身冷汗,小殿下却露出一口漂亮的牙齿爽朗地笑着,一脸无辜地说:

"父亲、父亲,您别那么生气。赶牛车的已经如此惶恐,今后必会好好放在心上,下次定能成功轧死一人,让父亲的名声远播中国。"老殿下最终没有发作,苦着脸当做没事一般继续上路了。

由于两人是这样的关系,老殿下临终之际小殿下一直守在边上的样子,在我心上投下了不可思议的影子。之前我就说过,直到现在,想到那时的情景,总觉得能嗅到锋利的刀刃上那寒意袭人的气味,同时又有一种小殿下可堪倚仗的奇特心境。当时,我由衷地感受到了新旧的更替;而且,这种感受不局限在府中,惶然间便觉得整个天地间的日光似乎都倏忽从南边转到了北边。

五

因而，小殿下成为家督的那一天起，迄今为止未曾见过的闲适情致有如不知何处而来的春风吹入了府中。不用说，和歌会、花艺会、恋文会自然是比以往办得更勤了。除此之外，从侍女到侍卫，个个都好似从往昔的画卷中走出来似的，装扮得优美高雅。不过，与以前最为不同的是出入府邸的贵客。如今，即便是时运亨通的大臣大将，若是没个一技之长，也很难见上小殿下一面。不，即便得以面见，看到在场的都是风流才子难免自惭形秽，自然而然便疏远了。

相反，若是长于诗歌管弦之道，即便无名小卒也能获得超越身份限制的褒奖。比方说，有个秋季的夜晚，月光洒在格窗之上，织布机在"轧轧"作响。小殿下突然唤起下人，来的是个刚当差的侍卫。不知怎地，

小殿下忽然对那侍卫说:

"织布机的声音,你也听到了吧。以此为题作一首和歌吧。"于是那侍卫歪着头蹲坐片刻,未几,以"青柳"开了头。许是因为这个不符合当时季节的意象甚是可笑,侍女中间传出了窃笑声。侍卫却用清脆的声音继续吟道:

"青柳绿丝夏时绕,秋来织布机杼闹。"周围顿时鸦雀无声,在窗棂间倾泻而下的月光中,小殿下赐了他一身胡枝子花样的武士礼服。其实,那侍卫正是我姐姐的独生子。我这个外甥是个几乎与小殿下同龄的年轻人,这时他刚到府上效力,自此以后又多次承蒙小殿下的恩赏。

小殿下平素大抵就是这个样子。后来,老夫人也驾鹤西去,每年宫中授官之时他的官位不断高升,这些事情世人皆知,此处便不再赘言。我们赶紧来谈一谈开头答应诸位要讲的小殿下一生中仅此一件的离奇事。与老殿下不同,小殿下有个"天下第一好色徒"的诨名,在他平顺的生涯之中,除此之外没有任何一件为人津津乐道的逸事。

六

这件事情,还要从老殿下过身五六年后说起,当时小殿下常给前面提到的中御门少纳言那个貌美之名在外的独生女儿写信。直到现在,我无意间说起小殿下那时的满腔热情时,他还是会像平常一样笑脸盈盈,然后自嘲般潇洒地说:

"老伯啊,虽说天涯何处无芳草,但那时我之所以沉醉其中,写些笨拙的诗歌,全都是恋爱捣的鬼呀。现在想来,仿佛狐灵附体一样,简直鬼迷心窍。"说实在,当时的小殿下,确实是一反常态地沉溺于儿女情长。

不过,如此一往情深的何止小殿下一人?那时年轻的殿上人之中,恐怕没有一个不思慕中御门小姐的。小姐一家从她父亲那代就一直住在二条西洞院的府中,那些爱慕美色之人或驾车或步行而来,府邸周围的人总是络绎不绝。听说,一晚上甚至有两个头戴立乌帽的在府邸的梨花之下对月吹笛。

不仅如此,据说像菅原雅平这样声名显赫的才子有一阵也仰慕这位小姐，且恋慕无果后心怀怨愤，顿然遗世独立，自此行踪全无。这时不知是在筑紫国^①边境流浪，还是已经乘着东海的波涛踏上了中国的土地。此人与小殿下在诗文方面交流颇深，来信时将小殿下比作白乐天，又自比苏东坡。像他这样第一风流的才子，即便中御门小姐美得再不可方物，只因一时悲伤就一生自我放逐，只能说实在是鲁钝。

但是，反过来想，又说明了中御门小姐的沉鱼落雁，甚至到了让人觉得发生此事也无可厚非的地步。就我见到小姐的那一两回而言，她一身柳枝、樱花图纹的服饰，华丽的腰带是锦缎串起的玉石，在殿中油灯明亮的光线下闪闪发光。她秀目低垂着，那倾国倾城的姿容叫我一生难忘。况且，这位小姐的性情也是不同寻常地豁达。那些半吊子的殿上人，别说得偿所愿了，很快就会被看穿本性。她就像自己宠爱的小猫一样，要是谁狠狠摆弄过它，它便再也不会靠近谁的膝边了。

---

① 日本古代令制国之一，领域约为现在的福冈县一带。——译者注

七

因而，跟《竹取物语》①里一样，思慕这位小姐的人身上闹出了许多好笑的事情。其中，最可怜的一个是京极左大辨官②。这位大人脸色乌黑，被京中的无赖称作乌鸦左大辨。即便如此，他也难逃七情六欲，对中御门的小姐倾慕有加。然而，这位大人虽才智过人，但胆量很小，无论对小姐多么倾心，都未曾袒露自己的心迹，即便在自己的同辈面前，也从没透露过只言片语。但他避人耳目去看小姐的事情是藏不住的。一次，有位同辈以此为口实，使尽各种手段想要问出个究竟。于是，乌鸦左大辨为脱离窘境说道：

"不，这不光是我在单相思。其实，小姐看上去也对我芳心暗许，所以我才不由得频频拜访。"坏就坏在，为了让自己的话更有说服力，他把小姐赠与的

---

① 日本最早的物语文学作品，伐竹老翁在竹中发现身长约三寸的女婴并抚养成美丽的"辉夜姬"，诸多贵族甚至皇帝使出各种手段向她求婚均失败，"辉夜姬"最终升天离开。——译者注
② 在日本古代律令制下，朝廷最高机关职务总称为辨官，分左、右辨局，左大辨为左辨局中三名官员之一。——译者注

信件和诗歌那些有的没的全拿来撑场面，说得好像小姐爱他之心更焦切似的。他那些原本就喜欢戏弄人的同辈们半信半疑，赶忙假造出小姐的书文，信手系在藤萝一类的枝条上，送给了左大辨官。

再说这京极左大辨官，收到书信后心怦怦直跳，急忙打开一看，谁料想满纸尽是小姐的哀伤，说是自己苦恋着左大辨官而他却万般冷淡，无奈终究是芳心错付，只得出家为尼。乌鸦左大辨做梦也没想到，小姐竟苦恼到如此地步。他不知是喜是悲，一时怔怔地看着书信只是叹息。但不管怎样，他决定去见见小姐，把迄今为止埋藏在心中的情感也说与她听。恰好那是个淫雨霏霏的傍晚，他带上一名童子，撑着伞悄悄来到小姐位于二条西洞院的府邸。可是，府门紧锁，不管如何叫门、叩门，都没有开门的意思。左等右盼之间夜幕降临，府墙外往来人烟渐稀的路上，只听得蛙鸣之声。雨势越来越大，左大辨官一副狼狈相，身上的衣服湿了，眼睛也昏花起来。

又过了一阵，大门终于打开，跟我年龄相仿的老仆平太夫递出与方才一样系在藤条上的书信，一言未发又紧紧地阖上大门。

左大辨官哭丧着回到府上,打开书信一看,上面除了高低错落地写了一首古和歌之外,别的话一句未留:

"切切思君意,唯闻君不思。更思既无义,相思即作止。"

不用说,这自然是小姐已经从好戏弄人的年轻武士那里接到消息,详细得知了乌鸦左大辨的自作多情。

八

故事讲到这里,有人可能觉得与寻常女子相比,中御门小姐的言行很不真实。可现下说的是我所服侍的小殿下的故事,我没理由添油加醋地去编造有关这位小姐的谎话。当时京中最出名的小姐,除了她还另有一位,是个对虫类爱不释手、连蛇这种长虫都豢养的奇特小姐。后面这位小姐的事纯属题外话,在此就不谈了。不过,中御门小姐的父母已经逝世,府邸中只有先前出场的老仆平太夫等男女用人。此外，她家从她父亲那一代开始便家境殷实，生活上衣食无忧，小姐自然出落得貌美豁达，颇有些不受世俗束缚的大胆之举。

因而坊间谣言满天飞，有好事者传出流言说这位小姐其实是少纳言夫人与堀川老殿下的孩子，而少纳言之所以会去世，是老殿下不堪旧情遗恨下了毒。但少纳言的猝然离世，正如前文所述，根本不是这么一回事。显而易见，这种谣传完全是无中生有。若非如此，小殿下绝不会对中御门小姐这般用情至深。

听人说，最初不管小殿下多么热情似火，中御门小姐对他反而比任何人都冷若冰霜。不，不光如此，有一回我的外甥拿着小殿下的书信来到中御门府上，遇到了跟乌鸦左大辨一样的情况，怎么也敲不开她的府门。而且，那个平太夫不知为何对堀川府邸的人如仇敌般愤恨。那天春日和煦、梨花飘香，我的外甥正要使劲推门而入，平太夫从院墙上露出白发苍苍的脑袋，卷起暗褐色狩衣的袖管，拿出要咬人的气势喝道：

"喂，大白天的你就要行偷窃之事？若是贼盗，绝不轻饶。你敢踏进门内一步，我平太夫就挥起大刀将你腰斩抛尸！"倘若是我在场，恐怕刀伤难免，而我外甥只是朝他扔了一团路边的牛粪就回府了。照此形势，即便书信顺利送到小姐手上，也根本收不到回音。可小殿下对此毫不介意，在约莫三个多月的时间里，坚持不懈地几乎天天差人送去书信、和歌或是精美的画卷。如此看来，小殿下平时所说的"那时我之所以沉醉其中，写些笨拙的诗歌，全都是恋爱捣的鬼呀"这句话，真是一点不假。

九

恰逢这时，京中出现了一名古怪的沙门，开始宣扬迄今闻所未闻的摩利教。此事曾经轰动一时，诸位或许有所耳闻。日本故事书经常写中国来的天狗，跟缠上藤原明子皇后的鬼一样[①]，都是以这沙门为原型的。

---

① 出自《今昔物语集》卷二十第七话《染殿后为天狗被扰乱语》，金刚山中的圣人为皇后化解被妖物所挠的烦恼后恋上其美色，不惜求死变成鬼来实现与皇后在一起的愿望。——译者注

说起来，我初次见这沙门也是那时候的事情。记得那是樱花季一个淡云蔽日的中午，我出门办完事回府途中经过神泉苑外，见到院墙前戴软乌帽、立乌帽的男人，戴斗笠看热闹的女人，掺杂着骑竹马玩的孩童共二三十人挤作一团，人声鼎沸。我心想，估计不是遭福德大神作祟的狂人在跳舞，就是粗心大意的近江①商人被窃贼抢走了行李。由于场面着实喧腾，我漫不经心地从后面往里张望，怎料人群中央站着一个叫花子似的沙门，嘴里不停地说着什么，同时单手竖起挂着陌生女菩萨画像的旗杆。此人年纪将近三十岁，皮肤黝黑，脸上一双吊眼，长相着实难看。他身上一件皱巴巴的黑法衣，不管是打着卷垂到肩膀上的头发，还是脖子上挂着的那个怪异的十字形黄金护符，全都在告诉我这人定然不是世上的寻常法师。在我朝里窥看的时候，他头顶上神泉苑的樱花叶随风飘散，与其说他是人，毋宁说是智罗永寿的手下将鸟翼藏在了法衣之下，样子看起来别提有多诡异。

---

① 日本古代的令制国之一，领域大约为现在的滋贺县。——译者注

这时，我身旁一个铁匠模样的健壮男人，敏捷地一把从孩童手里抢过竹马，气势汹汹地大叫："你这家伙，竟敢污蔑地藏菩萨是天狗！"同时斜着朝那人脸上痛打过去。但那沙门即便被打还是露出令人后背发凉的微笑，让女菩萨的画像在落英翩跹的风中高高飘扬起来，并厉声呵斥道：

"无论今生今世如何享尽荣华，倘若违背天上皇帝的教诲，一旦生命终结，旋即堕入阿鼻、叫唤地狱，无尽业火焚身，哭号直至未来永劫。更何况鞭笞被天上皇帝留在人间的摩利信乃法师，不用等到殒命，明天就会遭到诸天童子的现世报，身染白癫而死。"在此气势的震慑之下，我自不消说，连铁匠一时也只是持戟般手握竹马，呆愣地注视着那发狂沙门的一举一动。

┗┓ 十 ┏┛

然而，转瞬之间铁匠又调整了握竹马的姿势，恶狠狠地大骂："还不闭上臭嘴！"同时倏地飞身打向沙门。

那时，包括我在内，所有人都料定铁匠手中的竹马会重重敲在对方的脸上。不对，实际上竹马应该已经在那晒黑的脸上留下一道蚯蚓般红肿的伤痕。但竹马横劈下来，那上面的青竹叶刚扫到落花，就有人"咚"地一声突然倒地。居然不是那沙门，而是铁匠本人。

众人见状怛然失色，全都不由自主地往后退缩起来。软乌帽、立乌帽也毫无骨气，一窝蜂地从沙门周围掉头就跑。之前那个铁匠，手里还握着竹马，仰面躺在沙门脚边，像癫痫病人一样口吐白沫。半晌，沙门似在观察他的呼吸，接着将视线移到我们身上，极其傲慢地说：

"你们瞧，我所言非虚吧。诸天童子立时就用看不见的剑敲打了这个蛮横之人。这次没把他头骨打得稀碎，让他血流大马路，算他走运。"

正当这时，噤若寒蝉的人群中顿时传出尖锐的哭声，那个刚才手拿竹马的孩童，披头散发、跌跌撞撞地往倒地的铁匠身旁跑去。

"爹，阿爹！醒醒，爹！"

孩童叫了好几声,但铁匠丝毫没有醒转过来的迹象。天空依旧是薄云微阴,就连铁匠唇上堆起的白沫,也在风的吹拂下垂到了衣服的胸口上。

"爹,醒醒!"

孩童又反复地这么喊叫着,见铁匠毫无反应,他脸色突变,双手刚一抓住父亲手里的竹马便跳将起来,奋不顾身地朝沙门冲过去就要打。但是,沙门一边用挂着画像的旗杆满不在乎地将竹马拂去,一边令人发指地笑着,故意用温柔的声音颇有些苦恼地说:"岂有此理!让你父亲失去意识的,不是我摩利信乃法师。即便与我为难,你父亲也无法苏醒。"

与其说是沙门讲的道理说通了孩童,不如说是他觉得即便与这沙门缠斗也没有胜算。铁匠的儿子将竹马挥了五六回之后,便忍着眼泪呆站在大路中央。

十一

摩利信乃法师见此情景,又微微笑着走到孩童身

旁说:

"看来你是个懂事、成熟的聪明孩子。你老实待着的话,诸天童子也会为你开恩,不久就会让你躺在那儿的父亲神志清醒。我这就开始祈祷,你也学着我,请天上皇帝大发慈悲吧。"

说罢沙门用双臂将旗杆抱住,跪在大路中央,恭恭敬敬地垂下头,然后闭上眼睛,开始高声念诵陀罗尼一类的奇怪咒文。如此不知持续了多久,我们在沙门身边围作一圈,看着这种不可思议的加持方式。过了大约半个时辰,沙门睁开眼睛,颤颤巍巍地伸手盖在铁匠的脸上,铁匠的面孔眼看着重新泛出温暖的血色,不久那张满是白沫的嘴中甚至还漫出了长长的痛苦呻吟。

"呀,我爹,他醒啦!"

孩童扔掉竹马,手舞足蹈高兴地朝父亲身边跑去。没等孩童用手抱起他,铁匠便发出一声呻吟,同时仿佛醉酒一般颤抖着缓缓直起身体。于是,沙门也心满意足地悠然站起,像要遮天蔽日似的将那女菩萨画像竖在这对父子的头上,并庄重说道:"天上皇帝的威德,有如天空一样广大无边。怎么样,你们现在信了吧?"

铁匠父子紧紧抱在一起,仍旧蹲坐在地,大概是沙门法力之厉害,已经让他们丢魂失魄。两人仰望着女菩萨的旗帜,虔诚地双手合十,哆哆嗦嗦地礼拜起来。紧接着,两三个站在我身边的人,有的脱去斗笠,有的扶直乌帽,接连跪拜起画像来。不过,我总觉得那沙门和女菩萨画像好似被魔界之风所染,给人不祥之感。因此,铁匠恢复神志那会儿,我就匆匆离开了现场。

后来我听人说,这位沙门传的好像是从中国过来的摩利教。而那个自称摩利信乃法师的男人,究竟是本国人还是生于唐土,完全没个定论。还有人谣传此人既非中国人也非本朝人,而是从天竺尽头来的法师。白天像上次所见那样走街串巷,到了晚上黑法衣就变成翅膀,在八阪寺塔的上空飞舞云云,估计都是些天马行空的谎话。但是,既然能传出这样的流言,还被认为是合情合理的,说明这位摩利信乃法师的行为之中,多有形形色色的玄幻之事。

十二

　　首先，摩利信乃法师凭借那怪异的陀罗尼之力，瞬间治愈了众多患者。目盲者得见光明，跛足者如履平地，哑口者舌灿莲花……一一数来，甚至叫人不胜其烦。其中名气最响的病例，要数一直困扰前摄津国①守护的人面疮②。据说此人将外甥派至远地后夺其妻子遭到报应，左边膝头出现一个形似外甥脸孔的奇异脓疮，日日夜夜受尽刻骨的痛苦。在那沙门加持之后，人面疮的脸色转眼和悦起来，不久从看似嘴巴的地方说出一声"南无"之后，瞬间消失得无影无踪。所以说，不管是狐灵附身、天狗附体，还是被不知名的妖魅鬼神纠缠，只要十字形护符一到，此类种种有如蚕食树叶的虫子被大风抖落一般，统统即刻遁走。

　　然而，摩利信乃法师的法力之所以如此出名，不

---

① 日本古代的令制国之一，属京畿区域，为五畿之一。领域大约包含大阪市、堺市的北部、北摄地域、神户市的须磨区以东等地。——译者注
② 一种虚构的奇病，身上受伤处化脓后成为人脸模样，不仅会说话还要吃东西。——译者注

仅仅因为这些事情。就像此前我在街上见到的那样,假使有人诽谤摩利教,或是斥责其信众,那沙门会立刻祈求对此人降下可怕的神罚。有人家中的井水变成腥臭的血潮,有人田里的稻子一夜间被蝗虫吃个精光,而那个白朱社的巫女祈求神明来取摩利信乃法师性命的报应,据说是染上令人不忍卒睹的白癫。因此,那沙门是天狗化身的流言传得更加沸沸扬扬。有个特地从鞍马深山而来的猎人,扬言此沙门若是天狗便要一箭将其射下。不过,就连他也被我此前见识过的诸天童子之剑刺中似的,突然双目失明,最后竟成了摩利教的信徒。

如此势头之下,随着时间的流逝,皈依摩利教的男女老少也逐渐增多。此外,成为信徒之人,都要以水湿头,接受类似灌顶的仪式。据说,若是没能完成这个步骤,就无法证明此人已经皈依天上皇帝。某日,我的外甥过四条大桥之时,看到桥下的河滩上人头攒动。为了一探究竟,他往人群中看去,原来是摩利信乃法师在为貌似东国①人的武士施行奇怪的灌顶仪式。当时正值加茂川河水温暖、樱花落英随波漂荡的季节。身佩大刀的虔诚武士与那手捧十字护符的古怪沙门，两人的影子都投在河面之上。据外甥所说，这是个稀奇的仪式，当时应当是看得津津有味——说起来，我前面的叙述有所遗漏。摩利信乃法师最开始就在四条河原②的非人③小屋之间搭了个小草庵，从此始终一个人孤零零地住在里面。

十三

书归正传，没过多久，小殿下因为意想不到的事情，得以与爱慕已久的中御门小姐开始亲密交谈。这件意想不到的事情，发生在一个橘花芬芳、杜鹃啁啾、

---

① 日本近代以前的一个地理概念，是大和朝廷对东海道铃鹿关、不破关以东地方的称呼。——译者注
② 京都鸭川上的四条大桥附近的河滩。——译者注
③ 古代日本的一种社会阶级。属于社会最底层的贱民，主要从事处刑、卖艺、乞讨等活动。——译者注

风雨欲来的夜晚。那天夜里很少见地出了月亮,即便在黑夜之中也能朦朦胧胧地分辨出人脸来。小殿下潜去某个女官的住处后,为避免随侍人数过多引人注目,回府的途中只带了一两个随从,在明亮的月光下乘着车驾缓缓前行。毕竟时间已晚,不见一个人影的大路上,只听得远处田间的蛙鸣以及车轮的辘辘声响。尤其是那清寂的美福门之外,由于经常燃起磷火,总让人觉得鬼气逼人,连无心的牛儿似乎也加快了脚步。这时,对面土墙的阴影里忽地传来可疑的咳嗽声,旋即有刀刃在月辉下闪出白晃晃的光芒。大约有六七个形似贼人的蒙面汉对准小殿下的车驾,从左右两边饿虎扑食般袭来。

与此同时,包括赶车的童子在内,随行的侍从们估计因为事出突然,全都丧魂失魄。惊吓之下霎时乱作一团,一溜烟往来时的方向逃了开去。可贼人们对此不屑一顾,其中一个上来便扯住缰绳,将牛车停在大路中央,其余人立马从四面围出一堵刀墙,将牛车紧紧环住。为首的那个粗鲁地撩起车帘,回头面向同伙确认似的问:"怎样?是这位没错吧?"小殿下虽是吃了一惊,但看他样子实在不像夺人钱财的盗贼,又感到疑惑不解。之前还一动不动,这会儿却斜掩着折扇从缝隙中窥看起来。此时,贼人中一个嘶哑的声音恨恨答道:

"喔,确是此人。"小殿下觉得这人的声音有些耳熟,更感蹊跷,借着皎皎月光即刻朝那声音的主人看去。此人面孔虽被蒙住,但肯定是服侍中御门小姐多年的平太夫没有错。这一刹那,连小殿下也吓得不禁全身毛发耸立。为何如此?因为小殿下早就听闻那平太夫对堀川一家视若仇敌、恨之入骨。

这时节,听平太夫如此答过,刚才的贼人将大刀的刀刃对准小殿下的胸口,用更为粗暴的语气叫道:

"既然如此,拿你命来!"

十四

但是,万事处变不惊的小殿下立即重新拿出勇气,悠悠摆弄着扇子,事不关己似的问道:

"且慢,且慢。想要我性命,视情况也不是不能给你们。可是,你们为什么想取我性命呢?"于是,为首的那个贼人又将白刃往小殿下的胸口贴了贴说:

"中御门的少纳言大人因谁殒命?"

"我不知是谁。但绝不是我,我还有确证。"

"无论是你,还是你父亲。不管怎样,你都是仇人一伙的。"

为首的如此一说,其他贼人也纷纷在蒙面布下大喊:

"对!是仇人一伙的。"那个平太夫更是咬牙切齿,一面像野兽一般窥视车厢内部,一面用大刀指着小殿下的脸,用几近嘲笑的口吻说:

"少说废话。不如多念念佛。"

但小殿下还是镇定自若,对胸前白刃仿佛视而不见,一个问题脱口而出:

"所以,你们都是少纳言大人的手下吧?"贼人们听罢犹豫了一阵,不知该如何回答,平太夫见状赶紧提高声音说:

"没错。那又如何?"

"不，也没什么，只是如果这里有人并非少纳言大人的手下，你想想，这人岂不是天下最大的傻瓜？"

小殿下如此说着，露出漂亮的牙齿，抖着肩笑了起来。这些亡命之徒见此状况估计也一时胆战心寒。此时，逼在小殿下胸前的刀剑，也自然地往车厢外的月光中收了收。

"为什么呢？"小殿下继续说，"将我杀害之后，你们这些人一旦被检非违使①逮到，就要被处以极刑。假如是少纳言大人的手下，此为舍生取义之举，固然是得偿夙愿。但是，倘若这里有不是少纳言手下的人，为了一点点金银就对我白刃相向，那家伙不就是用自己独一无二的珍贵生命来换取赏金的傻子吗？你们说是不是这个道理？"

听小殿下一说，贼人们如梦初醒般面面相觑，唯独平太夫一人疯了似的吼道：

"哼，什么傻子？你死在傻子的大刀之下，不是比傻子还傻上百倍？"

---

① 日本律令制下的官职，管辖京都的治安和民政，平安时代后期也在令制国中设置。——译者注

"什么?你说你们是傻子?也就是说,这里面确实有人并非少纳言的手下。这就更加有意思了。那我就要问问这些不是手下的人,你们杀害我应当完全是为金银所驱使。若是为了金银,想要多少赏金,我都给你们。不过,作为交换,我也有个请求。怎么样?都是为求金银,不如站在出钱更多的我这一方,你们算算利害得失吧。"

小殿下一边镇定自若地微笑,一边用扇子拍打着穿扎脚裤的膝盖,这般跟车厢外的贼人们进行了交涉。

十五

"看情况,也不是不能按照您的意思行事。"

静得令人生畏的贼人之中,为首的那个战战兢兢地这么回答。听到这话,小殿下似乎十分满意,"啪嗒啪嗒"摇着扇子,继续用轻快的语气说:

"好极了。嗜,我要你们做的也不是特别难的事情。那个,站在那里的老头,他是少纳言大人的手下,名叫平太夫吧。我也听到过街头巷尾的风闻,说此人平素便对我怀恨在心,还有些无法无天的图谋,要见机夺我性命。照此来看,你们这次一定也是受了平太夫的唆使才起事的——"

"不错。"

三四个贼人齐声在蒙面布下答道。

"所以,我想拜托各位,把这挑事的老头擒住,断了这由来已久的祸根。能否请各位出力,把这平太夫老匹夫用绳捆起来?"

听了小殿下的命令,贼人们因为太过出乎意料,一时间全都呆住。围在车厢四周的蒙面脑袋,你看我一眼,我瞧你一下,乱哄哄骚动了一阵。少顷,人群恢复平静,贼人之中突然响起夜鸟啼叫似的沙哑声音:

"喂,你们干吗愣在原地?还要听这乳臭未干的家伙花言巧语,拿着出鞘的白刃不知如何自处吗?没羞没臊地说什么遵您旨意,你们有什么脸谈理义?也罢也罢,既如此我就不劳你们动手了。这家伙区区一条小命,看我平太夫只用大刀就能干干净净地收了去,不过手起刀落的事情。"

话音刚落,平太夫挥起大刀,猝然飞身,当头朝小殿下砍去。不过，几乎在他飞身而起的同时，为首的贼人迅速扔掉白刃，从侧面奋力抱住他。于是，其他的贼人也纷纷将大刀收回鞘中，宛如蝗虫一般从四面八方飞扑向平太夫。平太夫终归是寡不敌众，又上了年纪，如此一来胜负自分。没多大工夫，那老头已经被牛缰绳之类现成的绳子捆绑起来，按在月光照耀的大路上坐着。那时的平太夫，完全一副落入陷阱的狐狸模样，龇牙咧嘴，还心有不甘地喘息着扭动身体。

小殿下看了边打哈欠边笑说：

"啊呀，有劳，有劳。这下我也暂且解气了。不过，大伙索性护卫我的车架回到堀川府邸，顺便把那边的老糊涂一起押来。"

小殿下这么一说，事到如今贼人们也不好抗拒。于是，一行人凑在一起，代替侍从赶着牛车，把逮住的犯人围在中间，在月夜下相跟着走起来。天下虽大，但能像这样让贼人做自己仆从的，大概除小殿下之外别无他人。不过，这非同一般的队列还未走到府上，就遇上了闻讯赶来的我们。于是，众人当场一一受过赏赐之后便悄悄散去了。

十六

再说小殿下将平太夫带回府邸后,直接命人将他捆在马厩的柱子上,吩咐侍从看住他,第二天早上便匆匆把那老头叫到天色阴沉的庭院中。

"平太夫,你想为少纳言大人报仇的用心,的确是愚蠢至极。话虽如此,却也是令人钦佩之事。尤其是在那样的月夜,纠集一群蒙面汉想要杀害我这一点,其意趣之风雅,超乎我对你这类人的想象。但是,地点选在美福门附近就差强人意了,动手的地方不如选在下鸭神社树林中某棵古木的树影之下更得我心。夏季的月夜之中,那里潺潺的流水声近得仿佛就在耳底,溲疏的白花隐隐飘香,又增添了几分风情。不过,对你这样的人提出此等要求,可能是我强人所难了。看在你令人钦佩、颇为风雅的分儿上,这次我就饶恕你的罪过。"

说到这里,小殿下像往常一样爽朗地笑着继续道,

"作为回报,你也好不容易来一趟,就顺便把我的书信带给你家小姐吧。行吗?我可跟你明确说

好了啊。"

那时平太夫的一张脸有多诡异，是我在这世上从未见过的。他险恶、痛苦的脸上，浮现出不知是笑还是哭的表情，只有眼睛忙不迭地滴溜溜转着。小殿下或许是觉得他这样子虽然可笑却也可怜，于是敛住笑容，宽宏大量地对把住绳头的侍从下令道：

"欸，欸。平太夫不宜久留。还不快快松绑。"

此后未几，一晚上弓着腰的平太夫将系有小殿下书信的橘花枝条背在肩上，狼狈不堪地从后门逃了出来。不过，还有一名侍卫跟在他身后出了门，那就是我的外甥。他生怕平太夫对书信动手脚，没禀报小殿下就偷偷跟在老头后面。

两人之间相隔大约五十米，平太夫看上去身心都松弛了下来，无力地拖着他的光脚。天上还铺着密不漏缝的云朵，空气中弥漫着柿子嫩叶的香气，平太夫在土墙相接的大道上步履沉重地走着。一路上与他擦肩而过的卖菜女定是觉得这样的信使很是少见，还有人狐疑地回头目送他远去，但那老头对此根本懒得理会。

看样子大概不会横生枝节，我的外甥一度想中途折回，但总觉得不怕一万就怕万一，于是又尾随了一阵。老头在道祖神①的小祠前就要走上油小路②之时，恰好有个陌生的沙门从那十字路口往这边拐来，相遇的当口差点跟平太夫撞个满怀。女菩萨旗帜、黑法衣，外加怪异的十字形护符，外甥一看便知那就是前面提到的摩利信乃法师。

十七

险些被撞到的摩利信乃法师倏地一闪身，又不知为何停下脚步，直盯着平太夫的身影。但那老头完全不把此事放在心上，只是让开两三步，依旧有气无力地迈着落寞的步子。我外甥心想，看来就连那摩利信乃法师，也觉得平太夫异样的装扮很是可疑。不久外

---

① 道路之神，在日本神道教习俗中常供奉道祖神于路边，但如今已罕见。——译者注
② 京都市主要的南北向道路之一。——译者注

甥来到沙门身边,他仍然背对着道祖神的小祠,出神地站在那里。即便他是天狗的化身,此时的目光也太过不同寻常。不,他的眼神之中反而没了平素那瘆人的光芒,噙着泪水似的荡漾着柔和的情味。米楮的枝条爬在小祠的屋顶之上,在其青叶投下的阴影中,沙门将那女菩萨的旗杆斜抵在肩上,凝神伫立着目送老头,其身姿之落寞,让外甥此生唯一一次觉得他和蔼可亲。

然而,没过多久,似乎是我外甥的脚步声惊动了他,摩利信乃法师像梦中醒来一般,连忙转过头来。忽然高举一只手,结起奇怪的九字护身法[①]手印,嘴中反复念着什么咒语,又匆匆迈开了步子。咒语中貌似出现了中御门之类的词汇,说不定是我的外甥听走了耳。这期间,平太夫还是肩背橘花枝条,目不斜视地颓然走着。于是,我的外甥又偷偷跟踪其后,终于来到西洞院的宅邸。一路上他不时想起摩利信乃法师的离奇行为,内心翻腾挣扎,甚至连小殿下书信的事情都差

---

① 祝念"临兵斗者皆阵列前行"九个汉字的护身法术,时常辅以在空中画字符或连续结手印。——译者注

点忘记。

不过,那封书信应当是安然无恙地到了小姐的手中,这次还破天荒地很快就收到回音。针对此事,我们这些下人也说不出什么确切的原因,兴许是众所周知十分豁达的小姐听平太夫说了夜袭的经过,头一次发现小殿下是个秉性非凡之人。此后又交换过两三次书信之后,小殿下终于在某个小雨淅沥的夜晚,带着我的外甥悄然来到柳叶掩映之下的西洞院宅邸。事到如今,那个平太夫恐怕也只能作出让步。虽说那晚还是凶恶地拧着眉毛,但对我的外甥也并未出言不逊。

十八

此后,小殿下几乎每晚都去西洞院府邸,有时像我这样上年纪的仆人也会随侍。我也是借着这样的机会,才得见小姐那夺目的玉容。有一次,殿下、小姐还把我叫到近前,让我说说今昔变迁。我记得应该就是那天夜里,从帘子的缝隙中可以看到池水之上浮着熠熠星光，尚未凋谢的紫藤飘荡着若隐若现的花香。在这凉凉夜色之中，由几名侍女侍奉着静静对酌的殿下、小姐是如此俊美动人，宛如从大和绘①里走出来一般。尤其是几件叠穿的白色单衣之上披着淡紫色外衣的小姐，那样的清新秀丽，丝毫不逊于《竹取物语》中的辉夜姬。

酒兴正酣的小殿下忽而玩笑似的对小姐说：

"正如老伯所说，如今这小小京中，也已历经数度桑海变迁。世间一切法，生灭迁流，刹那不住。《无常经》中也有'未曾有一事，不被无常吞'。恐怕我们的恋情，也逃脱不了这个定数。不过，我所担心的只是何时始又何时终。"

小姐闹别扭似的故意避开殿中的油灯光线，温柔地盯着小殿下说：

"哎呀，净说些讨厌的话。那么，您是一开始就打算将我抛弃了？"可小殿下却愈发笑逐颜开，喝干杯中酒后道：

---

① 日本绘画的样式之一，以日本的故事、人物、事物、风景为主题的绘画。——译者注

"不，应该是我从一开始就有了被抛弃的觉悟，这么说更符合我的心境。"

"您又戏弄我。"

小姐这么说着，迷人地笑了笑，突然又出神地望着帘外的夜色，自言自语似的讲：

"这世间的爱情，真的都如此脆弱短暂吗？"接着，小殿下又像平时一样露出漂亮的牙齿，从侧面窥视着小姐的脸庞，微笑着说：

"如此看来，不可说不脆弱。但是，能够让我们这些人类忘却万法无常，暂享莲花藏世界极乐的，不是只有恋爱之时吗？不，可以说，只有在此期间才会连恋爱的无常都抛诸脑后。所以，在我看来，像在原业平[①]这样尽情欢爱度日的，才是绝顶智慧之人。我们若想脱离秽土众苦，住常寂光净土，唯有照《伊势物语》那样恋爱。您不觉得吗？"

[①] 《伊势物语》中的主人公。——译者注

十九

"这么说来,恋爱的功德才是无量千万。"

未几,小殿下将目光从羞赧着垂下眼睛的小姐身上收起,一脸陶然地转向我说,

"对吗?老伯也是这么想的吧?不过,对你来说就不是恋爱了。但要是换成你最爱的美酒,老伯觉得贴切吗?"

"不妥,鄙人对来世可是深感恐惧。"

我一面搔着白发,一面慌张地如此回答。于是,小殿下又爽朗地笑着道:

"非也,你这回答比什么都有说服力。老伯说对来世感到恐惧,这种想要往生彼岸的心,与借助暗夜灯火忘怀今世无常的心并无区别。所以说,就像佛教与恋爱虽有不同,但说到底老伯你的想法与我还是一致的。"

"您又说胡话了。小姐的花容月貌,自然是连伎艺天女都略逊一筹,但恋爱是恋爱,佛教是佛教,而

我喜欢的美酒，不可与这些相提并论。"

"你这么想是因为心怀不够宽广。弥陀也好，女人也罢，在我面前都不过是让人忘却悲伤的傀儡——"

一听小殿下如此主张，小姐蓦地偷瞟了他一眼，然后轻声道：

"您说女人是傀儡，我能高兴吗？"

"说傀儡不妥的话，就说是佛菩萨吧。"

小殿下气势高昂地如此回应，忽又想起什么似的，一直注视着殿中的油灯火光，用不曾有过的低沉嗓音若有所思地喃喃道：

"过去，我跟菅原雅平亲密交往之时，也多次进行过这样的讨论。您也应该知道，雅平与我不同，容易耽于信仰，是个生性朴实正直的人。每次我嘲弄说世尊金口念诵的佛经其实跟恋歌一样他都会动气，还一再愤然怒斥所谓天魔外道就是我这样的。雅平的话还在耳边，而他的人却不知去向。"随后，包括小姐在内，我们在场之人都为小殿下的样子动容，一时间沉默不语，静谧的房间中唯有紫藤花的香气似乎更加馥郁。或许是觉得有些冷场，侍女中有一个小心翼翼

地找话说:"那么,近来京中流行的摩利教,也是让人忘却无常的新招式吧。"接着,另一位侍女也不无厌恶地说道:

"话说,那个四处宣扬摩利教的沙门好像有许多奇怪的风评。"与此同时,她故意拨了拨殿中油灯的灯芯。

二十

"什么?摩利教。又是个稀罕的宗教吧。"

沉浸在某种思绪中的小殿下回过神来似的端起酒杯,看向那位侍女说:

"摩利,听着像是信奉摩利支天的宗教。"

"不是的,若是摩利支天便也算了,可摩利教的本尊据说是个眼生的女菩萨。"

"如此听来,说的像是波斯匿王的皇后茉莉夫人。"

于是,我将前些天在神泉苑外所见摩利信乃法师的行为逐一道来,并表示:

"那女菩萨的样子，也不像是茉莉夫人。不对，还不如说她跟迄今为止的任何佛菩萨都不相似。特别是那抱着赤裸婴儿的阴鸷模样，活脱脱一个吃人肉的母夜叉。总之，一定是本朝见所未见的邪宗神佛。"

我直抒己见，小姐听罢轻轻皱起秀美的眉毛，想再度确认似的问道：

"那个叫摩利信乃法师的男人，果真看起来像是天狗化身？"

"确实如此。看样子完全是从哪座烧起来的山里振翅而出的，恐怕京中从未有过这样的鬼怪之物在光天化日之下出没。"

此时，小殿下又像平素那样，发出清脆的笑声说：

"不，说不好。事实上，延喜天皇在位时，天狗就化成佛陀状貌在五条附近的柿子树梢上待了七天，其间还大放佛光[1]。还有，每日去佛眼寺纠缠仁照阿阇梨的女子，其实就是只天狗[2]。"

"哎呀，您又说些吓唬人的事。"

---

[1] 出典《宇治拾遗物语》卷二第三十二话。——译者注
[2] 出典《今昔物语集》卷二十第六话。——译者注

小姐连同那两位侍女异口同声地如此说着,将长袍的两袖合拢起来。小殿下喝酒喝得越发开怀,和颜悦色地说:

"三千世界本就广大无边。仅凭人类的智慧,不能否定任何事物的存在。比方说,弄不好那个化作沙门的天狗看上了这府上的小姐,某天晚上就偷摸从博风板的缝隙中伸出他布满利爪的手,谁都不能说这种事情绝无可能。但是——"小姐因恐惧靠了过来,小殿下边说着,几乎面不改色地温柔轻抚她背部的外衣,哄小孩一般笑着安慰说,

"不过,幸而那摩利信乃法师应当连小姐的身影都没见过。我觉得至少在此之前是绝不会成就魔道之恋的。所以说,您无须如此害怕。"

二十一

此后一个月左右都风平浪静,进入盛夏后的某一天,加茂川的水反射出的阳光愈发炫目,烈日下的河

道上连拖船都不再来往穿梭。我的外甥平时就喜欢钓鱼，这天来到五条桥之下，坐在茵陈蒿之间，幸而唯独这地方还有凉风习习，于是便在水量减少的河里放下鱼线，频频钓起鲶鱼。这时，恰巧头顶上方的栏杆处传来似曾耳闻的说话声，他不经意地向上望去，看到平太夫倚在栏杆上，一边高举折扇扇动着，一边心无旁骛地跟摩利信乃法师说着什么。

见此，之前摩利信乃法师在油小路十字街口的怪异举动顿时浮现在外甥心头。说起来，那时这两人之间就似乎有什么隐情。想到这里，外甥的眼睛虽看着鱼线，耳朵却竖起来仔细听着桥上两人的对话。兴许因为似火骄阳下路上几无行人的沉寂令对方放松了警惕，两人对于外甥的存在根本毫无察觉，正谈论着令人匪夷所思、大跌眼镜的事情。

"阁下在弘扬摩利教之事，偌大的京中没有一人知晓。在听阁下亲口承认之前，就连我也只是觉得您似曾相识，却完全记不起来。仔细想来，这也是理所当然的事情。曾几何时在春宵月夜吟唱樱人①曲的那位年轻阁下，如今却在火伞之下光脚而行。恕我直言，阁下状似天狗、不堪入目的样子，即便去问那打卧巫女②，也绝对看不出是同一个人。"

伴着摇扇子的声音，平太夫一股脑儿地说出了这些话。摩利信乃法师用让人怀疑是哪家老爷的口气从容说道：

"遇到你我心甚慰。之前在油小路的道祖神小祠前我们就打过照面，不过，当时你目不旁视，有气无力地扛着系有书信的橘花枝，若有所思地蹒跚着只顾朝府邸走去。"

"是吗？我真是白活这么大岁数了，失礼失礼。"

平太夫可能是想起了那天早上的事情，不太痛快地这么说着，而后又"哗啦哗啦"用力扇着扇子说：

"倒是今天得以如此与您相见，全仰仗清水寺的观世音菩萨加持。我平太夫一生之中，没有比这更高兴的事了。"

---
① 平安时代流行的古代歌谣催马乐的曲名。——译者注
② 《今昔物语集》中的人物，所言神谕无不正确。——译者注

"但是,在我面前勿要提神佛名号。鄙人虽不肖,但已经受过天上皇帝神谕,如今是一名在日本土地上弘扬摩利教的沙门。"

二十二

摩利信乃法师突然蹙起眉头这么插了一句,没想到平太夫不露怯色,扇子和舌头一起动了起来:

"原来如此啊。我平太夫最近也明显老糊涂了,做的净是些错事。既然如此,今后在阁下面前就不再提神佛名号了。不过,我这老骨头平时也不怎么信奉这些东西。刚才之所以突然提到观世音菩萨,完全是因为许久没见您高兴坏了。说起来,小姐要是得知与她青梅竹马的阁下安然无恙,该是多么高兴啊。"平常面对我们惜字如金,连答话都嫌麻烦似的平太夫,这时却截然不同,激昂地大发言论。摩利信乃法师对此貌似也不知如何回应,一时间好像只是点头,然后接着小姐这个话头往下讲:

"说到小姐,我有些事需要与她私下面谈。"他压低了声音继续说,"平太夫,能否借你一臂之力,安排我在深夜与小姐见一面?"

这时,桥上扇扇子的声响忽然止住。与此同时,我的外甥差点就要抬头看向栏杆的方向,倘若他果真如此草率行事,那么潜伏在此的事情很可能会曝光。所以他仍旧眺望着从茵陈蒿之间流去的水面,敛声屏气注意着上面的情况。平太夫没了刚才的活力,良久不开口。沉默的时间之长,甚至让等在桥下的外甥焦心到感觉全身的筋骨都莫名发痒。

"我虽说住在四条河源,但毕竟身处京中。堀川殿下近来常拜访小姐之事我也清楚——"

少顷,摩利信乃法师仍旧用温和的声音自言自语般继续说:

"不过,我要见小姐,并不是因为倾心于她。我一度漂泊唐土,从红毛碧眼的胡僧嘴中听闻天上皇帝教诲的同时,耽于爱欲的心就湮灭了。只是,让我痛心的是,那位如花似玉的小姐,对创造天地的天上皇帝还一无所知。如此一来,她会信奉神佛之类的天魔外道，对着模其形状的木石供香奉花。这样的话，待到她临终之时，定会受永劫不灭的地狱之火焚身。每每思及此事，小姐一头坠入阿鼻地狱黑暗深渊的柔弱身姿总会真切地浮现在我眼前。事实上，我昨天还——"

说着，那沙门好似不胜感慨，逐渐用力的嘴紧闭了半晌。

二十三

"昨晚，发生什么事了？"

少顷，平太夫担心地催促他把话讲下去，摩利信乃法师猛然回过神来似的，依旧用沉静的声音一字一顿地说：

"不，也不是什么大事。只不过，昨夜我独自在草屋迷迷糊糊入眠之际，看到小姐身着里青外白的层叠华服，在梦中走近我的枕边。唯独与现实不同的，是她平素光亮的黑发，这时笼在朦胧的烟雾之中，头上的金钗放出怪异的光芒。由于久别重逢，我欣喜万分，说了句'欢迎光临寒舍'。但小姐却垂下哀戚的眼睛，只是坐在我的面前，没有半点回应我的意思。她红色的裙摆下似乎有什么东西蠢蠢而动。岂止是裙摆，定睛一看，她的肩上、胸上也有些什么。她的黑发之中，还有东西仿佛在冷笑——"

"您光是这么说我听不明白，究竟是什么东西？"

到了这时，平太夫估计也不知不觉沉浸到沙门的叙述之中，他追问的声音里已经听不出方才那昂扬的劲头。可是，摩利信乃法师依旧用别有所思的口吻说：

"到底是什么，我自己也不确定。只是看到状似胎儿的怪异东西，成群地在小姐的周身蠕动。不过，见此情景，我虽在梦中却悲从中来，放声哭喊起来。小姐见我哭泣，也频频流下眼泪。如此感觉过了良久，随后不知何处传来鸡鸣，我也就此从梦中醒来。"

摩利信乃法师说罢，平太夫也不出声了，重新摇起刚才停了一阵的扇子。外甥聚精会神地听着他们的谈话，其间连上钩的鲶鱼都顾不上了。听到梦境这一段时，他觉得桥下的阴凉似乎变得寒意侵人。心中有种说不出的感觉，仿佛自己也不知何时在朦胧中见到了小姐那悲楚的身影。

俄顷，桥上又传来摩利信乃法师低沉的说话声：

"我觉得那诡异的东西应当是妖怪。若如此，定是天上皇帝怜悯背上堕狱业报的小姐，赐下灵梦令我施以教化。我希望借助你的力量面见小姐，就是出于这样的缘故。可以答应我的请求吗？"

尽管如此，平太夫好像还是沉吟了片刻，接着似乎是把折扇收拢了起来，"哐哐"敲着栏杆说：

"好。我平太夫曾在清水坡下被市井流氓们砍伤，命悬一线之际多亏阁下才逃过一劫。想到您的恩情，我没有道理拒绝阁下所求之事。是否皈依摩利教，要看小姐自己的意思，但与阁下久别重逢一事，想来小姐也不会抵触。总之，我将竭尽所能促成您二位的会面。"

二十四

三四天后的一个早晨，我从外甥口中详细听到了这次密谈的内容。府中的侍卫所平时很热闹，当时却只有我们两人,耀眼的晨光照着梅树的绿叶,但凉爽的微风还是从叶片之间不时送来萌动的秋意。

外甥讲完之后,更压低了声音说:

"那个名叫摩利信乃法师的男人究竟为什么认识小姐,只能说我也是一头雾水。但不管怎样,若是那沙门说动了小姐,我们殿下可能会遇上什么意想不到的凶事,总感觉不太吉利。可这样的事情即便上报殿下,照他的脾性定然不会放在心上。所以,我自己擅作主张,想让那沙门见不成小姐,舅舅意下如何?"

"我自然也不希望那个古怪的天狗法师拜见小姐。但是,不管是你还是我,没有殿下的吩咐就不能一直守卫西洞院府邸。如此一来, 即便你说不让那沙门靠近小姐身边——"

"哎呀。问题就在这里。小姐的心思我们也猜不到,况且那府里还有平太夫这老头,要阻碍摩利信乃法师靠近西洞院府邸并不容易。不过,沙门每晚必定在四条河原那间小草屋里歇息,所以倘若我们好好图谋,也许可以让那沙门从此不在京中露面。"

"话虽如此,但我们也不可能去监视小屋。你的话说得有些云里雾里，我这种上年纪的人很难完全理解。你究竟想对那摩利信乃法师做什么？"

我疑惑地如此发问，外甥像是怕人听去似的，一边朝被梅树阴影笼住的房间前后看着，一边把嘴贴到我耳边说：

"您问怎么办，我也没别的办法。只有趁着深夜悄悄潜到四条河原，叫那沙门断气这一个法子了。"

听他说完，连我这样的人也一时呆若木鸡，甚至忘了接话。但外甥到底是年轻人，用死钻牛角尖的口吻说：

"什么嘛，不过是个乞食法师而已。即便再加两三个帮手，取其性命也是手到擒来的事情。"

"不过，这么做是不是有些无法无天了？确实，摩利信乃法师是在街头巷尾传布邪教，但除此之外没犯任何罪过。既然如此，杀死那沙门可以说就是所谓的滥杀无辜——"

"打住，道理谁都会讲。可您想想看，要是那沙门借助天帝的力量干出诅咒殿下、小姐之类的事情。无论舅舅您还是我，岂不白拿这份俸禄？"

外甥涨红了脸，始终在为这一想法辩解，我说的话他根本听不进去。这时，恰好有两三个侍卫扇着扇子走进房间，我们的对话也就到此为止了。

二十五

此后，我记得又过了大概三四天。某个星明无月的晚上，我跟外甥一起在夜深之后偷偷摸到四条河原。就连那时，我心中还是没有要杀死那天狗法师的打算，并且也不觉得杀了他比较好。然而，外甥说什么都不肯放弃最初的计划，让他一人前来我又莫名地放心不下。最终，我这白活了一把年纪的老骨头还是在茵陈蒿上的露珠濡染之下，朝着摩利信乃法师所住的小屋蹑手蹑脚地靠过去。

读者也知道，那片河滩上排列着不少破败的非人小屋，这个时间，估计此处众多身患白癫的乞丐们也都酣然睡去，做着一些我根本想象不到的怪梦。我跟外甥压着脚步声悄悄从小屋前经过的时候，草墙后面只听得鼾声大作,万籁俱寂之中,只有一处烧剩的篝火,或许是无风的缘故,白烟朝夜空笔直地升腾着。尤其是那白烟的末梢,跟星星点点的天河融为一体,这景象,好似数不尽的星辰压斜了京中的天幕,就连一尺尺、一寸寸星星滑动的声响都清晰可闻。

这时候,外甥指着估计早就盯上的一间面临加茂川细流的草屋,在茵陈蒿丛中面向我站住,说了句:"那间。"正巧烧剩的篝火此时吐出了火舌,借着这微弱的光芒看去,那间屋子比其他的都要小,竹制的房柱和旧稻草屋顶跟临近的草屋一模一样。不过,它的屋顶上有个用树枝扎成的十字标志,即便在黑夜中也能看见其威严耸立的样子。

"那间?"

我用含混的声音淡然反问。实际上,直到这时,我还没下定决心到底要不要杀摩利信乃法师。但外甥此时已经不再回头看我,而是死盯着那间小屋说:

"是的。"一听他冷冷的回答声,我知道血染大刀的时候已经到了,此刻心中的滋味难以形容,周身都情不自禁地战栗起来。外甥似乎一早整备停当,拿出准备拔刀的架势，根本不看我一眼便悄声在河滩上拨草潜行，有如窥伺猎物的蜘蛛，了无声息地逼到小屋外面。只见外甥将身体紧贴着草墙探察屋内动静，他那完全沐浴在篝火微光下的背影，总觉得像一只巨大的蜘蛛，看着令人毛骨悚然。

二十六

不过，既然走到了这一步，我自然也不能袖手旁观。于是，我也把便袍的袖子在背后系起，跟在外甥之后摸到小屋外面，从稻草的缝隙中目不转睛地窥看里面的情况。

首先映入眼帘的是沙门举着行走四方的旗杆上那幅女菩萨画像。这时正靠在对面的草墙上，画面虽看不清楚，但篝火的光线从入口处草帘的缝隙中投射进来，为它罩上了优美的金晕，宛如月食一般，迷蒙中透着粲然。而画像前面躺着的，应该是经过白天的奔波后累得酣睡如泥的摩利信乃法师。此外，还有看似衣服的东西半遮着他的身体，因为处于火光的阴影里，看不清是传说中的天狗翅膀还是天竺的火鼠裘……

见此情况，我们一言不发地从两边包抄小屋，轻轻褪去大刀的刀鞘。但可能是我一开始就莫名胆怯，手也因此不听使唤起来，不知怎地把刀碰出了尖锐的声响。我还没来得及在心里惊呼，草帘后面此前无声无息的摩利信乃法师似乎猛然起身。

"谁？"他喝道。事到如今，外甥和我都已骑虎难下，除了杀死那沙门别无办法。于是，沙门的话音未落，我们一前一后同时不吭一声地举起白刃，遽然冲进小屋。接着，白刃碰撞的声音、竹柱折断的声音、草墙破裂的声音……只听这些可怕的声音一齐响起，外甥即刻向后快退两三步，一边朝正前方挥起大刀，一边喘不过气似的大叫："这家伙，哪里跑！"我闻声大吃一惊，赶紧跳起躲开来，借着仍在燃烧的篝火光线，急忙看向对面。哎呀，你猜怎地？被粉碎了的小屋前面，那个令人悚然的摩利信乃法师肩披淡紫色外衣，猴子一般蜷起身体，将十字形护符贴在额上，凝神观察着我们的一举一动。见到这一幕，我当然急着立时就要给他一刀，可不知为何，在沙门那蜷起的身体周围，黑暗好似自然而然地越发浓稠，轻易找不到扑上去的时机。或者说，那黑暗之中仿佛有什么看不见的东西在打旋，大刀很难瞄准。外甥看起来也跟我有相同的感受，他不时喘息般叫嚷着，但手中的白刃一个劲儿地在头上画着圈，叫人看了眼花缭乱。

二十七

正在这时，摩利信乃法师徐徐起身，一面左右晃动十字形护符，一面用暴风骤雨般骇人的声音道：

"喂，你们是要蔑视无上天上皇帝的威德吗？我摩利信乃法师在你们蒙昧的眼中可能只有黑法衣蔽体，事实上却有一切诸天童子以及百万天军守护。不信你们尽可以挥起手中白刃，跟法师我身后圣众的车马剑戟一决高下。"末了已经是近乎嘲笑的大喊。

我们原本就不是一被恐吓就胆战心摇的人，外甥和我听到这番话，好似脱缰野马一般，从两边对准那沙门斩去。不,应当说是想要对他斩去。之所以这么说,是因为在我们抡起大刀的那一刹那,摩利信乃法师手持十字形护符在头上转了一阵,那护符上的金色如闪电般冲上云霄,转瞬间我们眼前便现出了可怖的幻象。啊!那恐怖的幻象,用我的言语又怎能描述清楚?即便说出来,恐怕跟指着麒麟说是马匹没什么两样。但硬要说的话,最开始那护符腾空而起之际,我觉得笼罩河滩的黑暗唯独在摩利信乃法师身后突然撕裂开来。随后,暗夜的破口处有无数火焰马、火焰车跟龙形蛇状的怪物一起,溅撒着比飞雨更急的火花,眼看就要落到我们的头顶上,真可谓是漫天满眼,逼真无比。其中还有旗帜、利剑一类的东西,成百上千,全都闪闪发亮,又有海上狂风似的猛烈声响,河滩上飞沙走石一般喧闹沸腾。沙门背对这一切,依旧肩披淡紫色外衣,擎着十字形护符庄严而立。他奇异的身姿,浑然一只不知何处而来的大天狗,率领地狱深渊的魔军降临到这河滩正中。

眼前所见太过不可思议,我们两人情不自禁丢下大刀,毫无犹豫地一左一右抱头拜倒在地。此时,头顶上空传来摩利信乃法师威严的斥责之声：

"要想活命，尔等也须向天上皇帝谢罪。如若不然，百万护法圣众会立刻将你们的腐臭骸骨碎尸万段。"法师说话的声音如雷贯耳，那种可怕惊惧，如今回想起来依旧令人不由得胆寒发竖。于是，我再也扛不住了，双手合十高举起来，闭上双眼诚惶诚恐道："南无天上皇帝。"

二十八

接下来的事情，光是说出来都觉得羞耻，就尽可能简而言之吧。或许是我们祈求天上皇帝的缘故，那种恐怖的幻象转眼就消失了，取而代之的是听闻大刀碰撞声后起身的非人，从四面八方把我们团团围住；而且，这些人大抵都是摩利教的信徒。幸而我们已经丢掉大刀，因为他们一副不论任何情况绝不手软的架势，各个口中厉声叫骂。这时，众人就像看狐狸掉入陷阱似的，男女交错着围成重重人墙，愤愤然想要朝里张望。重新燃起的篝火映照出不知其数的白癞面孔,甚至遮蔽住了夜幕上的星光。我们的前后左右全是长伸着脖颈的头颅,那种恶心劲儿,怎么看都不像是这世上的东西。

然而,此情此景之下,摩利信乃法师还是缓缓平息了非人们的咆哮,露出他那诡异的微笑朝我们面前走来,恳切地将天上皇帝的威德之可贵原原本本地讲与我们听。不过,在此期间让我非常在意的,是披在沙门肩上的那件美观的淡紫色外衣。虽说这世间的淡紫色外衣种类繁多,但那会不会是中御门小姐所穿之物?万一如此,那么小姐可能不知何时已经与那沙门会过面了,甚或在此基础上已然皈依了摩利教也未可知。这么想着,我的心乱得就连对方说的话都听不进去了,要是一不留神漏了馅儿,不知还要陷入怎样凶险的境地。况且,看那摩利信乃法师的模样,应当是以为我们怨恨他污蔑神佛才会实施夜袭。幸好,他貌似并没发现我们是堀川小殿下的手下。于是,我尽量不去看那件淡紫色的外衣,坐在河滩的砂石上故作老实地听那沙门讲话。

对方大概看我们格外老实,把教义之类的通通讲过一遍后,摩利信乃法师面色平和地将那十字形护符举在我们头上,亲切地说道:

"尔等罪业是蒙昧无知所致,因而,天上皇帝也定会特赦你们。既如此,我也不准备再叱喝你们了。也许不久之后,由于今晚夜袭,你们会迎来皈依摩利教的一天。在那天到来之前,尔等暂且离开这里吧。"不过,即便是这个时候,非人们依然顶着一张张凶神恶煞的脸,好像随时要上来扭住我们。可那沙门一锤定音,其他人便顺从地为我们让开一条出路。

于是,我跟外甥连将大刀收入鞘中的工夫都不敢耽误,急急从四条河原逃了出来。当时的心情,是开心、悲伤,还是懊悔,我无从说起。河滩离我们越来越远,唯独红色火光摇曳的篝火周围,白癫病人像蚂蚁一样聚集起来,唱着怪里怪气的歌曲。歌声隐隐约约传入耳中之时,我们俩根本不看对方一眼,只顾不出声地喘息着赶路。

二十九

打那以后,我跟外甥一旦碰面就会凑近了头一起推想摩利信乃法师和中御门小姐之间发生的事情,并且商讨怎样才能叫那天狗法师远离她。可是,考虑到此前令人心有余悸的幻象,短时间内也拿不出什么好主意。不过,外甥相比我还是血气方刚,仍旧执着地不愿放弃最初的想法,看情况可能会学着平太夫的样了,纠集一伙市井流氓,再度袭击四条河原的小屋。然而,出人意料的是,在此期间又发生了一件事,再次让我们对摩利信乃法师展现神迹的奇绝法力大为震惊。

当时已是秋风初起的时节,长尾的律师①在嵯峨建起了一座阿弥陀堂,事情就发生在进行法供的时候。这间佛堂至今仍未黯淡失色,因为建造时不惜投入重金,不仅汇集了各令制国的良材,召来的也都是名匠好手。因此,佛堂建筑规模虽不大,但其极尽庄严之

---

① 与僧正、僧都合称三纲,是管理僧尼的官职名称。——译者注

雄姿，读者应当可以想见。

尤其是佛堂法供当天，公卿①、殿上人自不必说，就连前来的侍女都不计其数。因而，东西两廊附近停靠着各种车辆，走廊看台周围挂的是锦缎镶边竹帘，从竹帘间露出来五彩斑斓绣有胡枝子花、桔梗花、女萝花图案的和服下摆和袖口，这一切都沐浴在明媚的日光之下，院内风光美不胜收，仿佛莲花宝土的景色现于眼前。此外，被走廊围起来的庭中水池里，密密层层开满了一簇簇人工种植的红莲和白莲。花间一艘龙舟悠然摇曳，悬挂着织锦的帐幔。衣袍上绘有南蛮画②的小童在水中划着画棹，池中隐约飘扬出乐音，这画面也让人看了恭敬得不禁潸然泪下。

再往佛堂正面看，围栏上的螺钿灿然放光，供佛香袅袅的烟气之中，除本尊佛如来之外还有势至、观音等菩萨的佛像，紫磨金佛头、玉石璎珞依稀可见，此番情景更是弥足珍贵。佛像前方的庭院中，中央是

---

① 摄政、关白、太政大臣、左大臣、右大臣、内大臣、大纳言、中纳言、参议等官职三位以上官员的总称。——译者注
② 圆形图案，主题有鸟兽、花草等。——译者注

一个礼盘①,后面炫目的宝盖之下设有讲师、读师②的高座。为法供仪式而来的几十个僧人,身上的法衣、袈裟也是有青有红,交错在一起煞是好看。诵经之声、摇铃之声,还有檀香、沉香的香气,不断地向秋季那一碧如洗的天空悠悠飘荡。

法供正办得热火朝天之际,聚在佛堂四面门外想要一睹堂内风采的人群,不知因为何事陡然间一同骚动起来,好似起风的海面,开始你推我搡。

三十

看督长③见此骚乱急忙赶去,高举大弓想要镇压住混乱中闯进门来的人群。但是,当一个装扮异样的沙门分开人潮走出来时,看督长立刻放下大弓,不仅没

---

① 置于本尊之前,唱导师礼拜、诵经时的上座,前为桌,左设有柄香炉,右置磬。——译者注
② 讲师和读师均为日本僧官,前者比后者高一级。——译者注
③ 平安时代检非违使厅的下级职员,负责守卫监狱、追捕犯人等。——译者注

挡住他的去路,还直接跪拜行礼,就像见到天皇临幸一般。由于注意到了外面的骚动,佛堂门内刚才还喧闹沸腾,这时忽地就安静下来,接着"摩利信乃法师,摩利信乃法师"的窃窃私语声好似拂过芦叶的风,不知从何而起。

摩利信乃法师今日也同往常一样,身披黑法衣的肩上长发凌乱,黄金十字形护符在胸前闪耀生辉,一双赤脚看得人心生寒意。他的身后还是那面女菩萨旗帜,庄严地沐浴在秋日的阳光之中,应当是由哪个随从扛着的。

"诸位听着。我是受天上皇帝神谕在日本弘扬摩利教的摩利信乃法师。"

那沙门悠悠回应过看督长的跪拜后,毫无惧色地走进铺有砂砾的庭院,用威严的声音如是说。门内之人听他这么一说又喧腾起来,不过检非违使们虽因这始料未及的事件惊愕不已,却也没忘记自己的职责所在。两三个看上去像是火长[①]的人不约而同拿起惯用的

---

① 检非违使的手下,是从卫门府中选拔出的卫士。——译者注

兵器，一面高声斥责其无礼行为，一面向那沙门奔去，随后猛然从四面飞身就要将他擒住。但是，摩利信乃法师怫然不悦地看着这些火长，用带着嘲笑的语气说：

"要打就打，想抓便抓。但天上皇帝会立时降下惩罚。"说话间他挂在胸口的十字形护符在太阳的照射下闪耀出夺目的光芒。与此同时，他的对手不知怎地都扔下兵器，被晴天霹雳击中似的跌倒在那沙门的脚下。

"如何，诸位。天上皇帝的威德，正如方才你们亲眼所见。"

摩利信乃法师取下胸前护符，骄傲地冲着东西两廊轮番展示并说道，

"此等灵验之事原本也不稀奇。天上皇帝本就是开天辟地、唯一不二之神。正因不知此神，诸位才会如此极尽虔诚、大张旗鼓地供养阿弥陀如来之类的妖魔。"

估计是忍受不住他的这番狂言，刚才就停止诵经茫然观察着事态发展的僧侣们突然吵嚷起来，嘴里不住地大喊着"打死他！""抓住他！"可是，没有一

个人离开座位上去教训摩利信乃法师。

三十一

于是,摩利信乃法师傲然瞪眼环视这些僧人,语气凶狠地喊道:

"唐朝圣人亦有言,知错就改,善莫大焉。一旦得知佛菩萨是为妖魔,最好赶紧皈依摩利教,称颂天上皇帝的威德。若是对我摩利信乃法师所言仍有疑虑,不确定究竟佛菩萨是妖魔,抑或天上皇帝是邪神,那就尽管来比试法力高下,辨别出哪方才是正法。"

但不管怎么说,刚才检非违使们昏倒在地的情景都被大家看在了眼里。因此,竹帘内外全都鸦雀无声,僧俗众人无一愿与那沙门比试法力。长尾的僧都就不去多言了,即便是当日到场的天台座主[①]以及仁和寺的

---

① 日本天台宗的总本山比睿山延历寺的贯主(住持)。——译者注

僧正①，在现人神②般的摩利信乃法师面前，恐怕都被吓破了胆。一时之间，法供的庭院之中不再有龙舟荡漾生出的音乐，四下里一片死静，仿佛阳光拂过池中莲花的声音都能听见似的。

沙门许是因此更涨了气势，举着十字形护符如天狗般讥笑着，盛气凌人地高声道：

"这真是可笑至极。我看这里南都北岭③的圣僧也不少，竟没有一人上前与我摩利信乃法师比试法力。也就是说，因为惧怕天上皇帝及诸天童子的神光，你们不管贵贱老幼，看来都要皈依我摩利法门了。若是如此，那我就在此地从天台座主开始，为你们一个一个施行灌顶仪式吧。"

不过，他的话音未落，西走廊上有人悠然走下庭院，这是一位有身份的僧人。金织锦缎袈裟、水晶念珠、一对白眉——只消看一眼便能确定，此人是以功德无

---

① 管理僧尼的官职名称，在僧官之中地位最高。——译者注
② 在日语中表示身为人类的神。——译者注
③ 泛指平安时代的寺社势力，自诩具有正统性，受国民崇敬，院政期之后实力强劲，对社会政治具有很高的影响力。其中有代表性的是南都平城京兴福寺和北岭比睿山延历寺。——译者注

量驰名天下的横川僧都无疑。僧都上了年纪，将自己臃肿的肥胖身躯徐徐挪到摩利信乃法师眼前，接着庄重地停下脚步说：

"你这下贱小人。正如你所说，此时这佛堂法供的庭院之中的确聚集着无数法界的高僧大德。但古语有云，投鼠忌器，谁会跟你这般下贱之人拼斗法力高下。所以说，你该为自己感到羞耻，速速从神佛之前退去，竟还想在此比试神通，实在离奇至极。依我看，你是不知在何处修习金刚邪禅之法的外道沙门。既如此，一是为了展示三宝灵验，二是为了拯救众生不被你的魔缘吸引堕入无间地狱，老衲出来与你一较法力高下。即便你的幻术能驱使神鬼，但老衲有护法加持，你连我的一根指头也休想碰。见识过老衲法力灵验之后，要受戒的应当是你。"僧都大发雄辩，旋即结起印来。

三十二

接着，从他结印的手中腾地升起一道白气，眼看着忽隐忽现地飘到半空之中,恰好在僧都头顶的正上方有如华盖笼罩般形成一团雾霭。不,说是雾霭还无法让人充分领会那云气的奇谲。倘若是雾霭,那么它对面的佛堂屋顶看起来应当是模糊不清的,而这团云气给人的感觉却像是虚空之中有某种无形之物盘踞着,透过它看去,就连万里晴空的颜色也还是像原来一样鲜明。

围在庭院里的人们,都被这云气给震住了。不知从何处传来风吹似的声响,惹动起竹帘。这声音还未平息之际,横川僧都又重新结了一个印,慢慢抖动他多肉的下颌,念诵起秘密咒语。倏忽间刚才的云气之中朦朦胧胧出现两尊金甲神的身影,正勇猛地挥舞着金刚杵,看起来也是似有若无的幻影。然而,那腾空飞舞的样子自带神威,好像随时要往摩利信乃法师脑袋上捶下一杵。

不过,摩利信乃法师依旧高慢地扬着头,直勾勾盯着金甲神,眉毛一动不动。岂止如此,他紧闭的嘴唇竭力忍住嘲讽之意似的,颤动起那常见的悚然的微笑。这时,兴许是对他目中无人的样子感到忍无可忍,横川僧都猝然解印，边挥舞水晶念珠，边用嘶哑的声音大喝一声："嗨！"

金甲神应声裹挟着云气从空中飞舞而下，同一时间下面的摩利信乃法师将十字形护符贴在额上，以某种尖锐的嗓音叫喊起来。眨眼间，只见七彩光芒蓦地升空，令金甲神的身影烟消云散，而僧都的水晶念珠也从正中间断成两半，珠子有如冰雹，"噼里啪啦"四下飞散。

"你这和尚的能耐我见识过了。修习金刚邪禅之法，说的不正是你吗？"

众人情不自已叫得沸反盈天，得胜后趾高气昂的沙门压住人们的叫声，放大嗓门如此喊道。听他这么一说，横川僧都有多颓丧，已经无须我强调了。假如那时众弟子没有争先恐后上前扶住，恐怕他都无法顺利返回廊上。这期间，摩利信乃法师越发傲慢地挺起胸膛，瞠视八方道：

"横川僧都人称天下法誉无上的大和尚，但在本法师看来，他蒙骗天上皇帝照见，肆意驱使鬼神，是个彻头彻尾的火宅僧。所以，我说佛菩萨是妖魔，佛教是堕入地狱的业因,难不成是我摩利信乃法师一人糊涂?不管怎样,若是还有人不愿皈依我摩利法门,无论僧俗,无论是谁都能在此亲眼验证天上皇帝的威德。"

这当口,东边走廊上有个声音泰然答道:

"哦。"这一身装束威风凛凛,悠然下到庭院之中的不是别人,正是堀川小殿下。

(未完)

大正七年(1918年)十一月

洛伦佐之死

纵使长寿三百岁,享尽欢愉不自胜,比之未来永劫无穷乐,不过梦幻一场尔。

——庆长译 *Guia do Pecador*《向善书》

入善道者,定知教义之神妙甘美。

——庆长译 *Imitatione Christi*《师主篇》

┗━━ 一 ━━┛

过去,在日本长崎一座名为"圣塔露西亚"的教堂里,有个叫洛伦佐的本邦少年。某一年的圣诞夜,他又饿又累,倒在圣塔露西亚的门口,被前来礼拜的基督教徒们救起。此后,神父怜悯他,将他收留在教堂中。可不知何故,被人问起身世时,他便说自己的故乡是天国,父亲名叫天主,每每淡然地笑着敷衍过去,从不说明自己的真实来历。不过,从洛伦佐手腕上的青玉念珠就能看出,他的父母也并非异教徒。因此,包括神父在内的众多修道士都认为他不是什么可疑之人,对他关照有加。他虽年幼,但信仰之坚定超乎其年龄,令长老们啧啧赞叹。众人还说洛伦佐莫不是天童再世,全都十分疼爱这个来历不明的孩子。

再说洛伦佐,面容清纯如美玉,声音温柔似女子,格外惹人怜爱。本邦有个叫西米恩的修道士,把洛伦佐当弟弟看待,出入教堂时必定亲热地挽手而行。这个西米恩,出生在曾侍奉过某位大名的武将世家。所以,他不仅身量出众,还天生力大,不止一次地为神父防住异教徒投来的石瓦。这样一个西米恩,与洛伦佐如此肝胆相照,简直就像雄鹰常伴鸽子左右,抑或好似葡萄蔓攀着黎巴嫩山上的云片柏绽出花朵。

三年多的岁月消逝如流水,不久洛伦佐也到了要行冠礼的年纪。然而,就在这时传出了一个奇怪的谣言,说是距离圣塔露西亚不远的城里,有个伞匠的女儿与洛伦佐走得很近。这位制伞翁也是基督教信徒,习惯带着女儿一起来教堂。即便是祷告的间隙,这位姑娘的视线也从未离开过手提香炉的洛伦佐,更别说每次出入教堂之际,必定精心梳妆打扮,对着洛伦佐眉目传情。如此种种自然被教众们看在眼里,有人说姑娘从洛伦佐身边走过时踩了他的脚,还有人声称亲眼见到两人互传情书。

是以,神父也觉得不能再放任不管了。这天他叫来洛伦佐,捻着白胡子温和地问道:"听闻你跟伞匠女儿的风言风语,料想并非事实。是也不是?"洛伦佐听后愁颜不展地只是摇头,带着哭腔一个劲儿地重复说:"此等事情我一无所知。"神父见状也软下心来,想他尚且年幼，平素又十分虔诚，既然话都说到这个份儿上，应当不会有假。

如此一来，神父的疑心算是消除了，但这些风言风语在前来圣塔露西亚礼拜的人中间就没那么容易平息了。而跟他情同手足的西米恩，比之旁人更是加倍操心。最开始，他觉得煞有介事地追问这种淫秽之事自己也感到羞耻。别说毫无顾忌地发问了，就连洛伦佐的脸都无法直视。但是，有一回西米恩在圣塔露西亚的后院捡到了姑娘写给洛伦佐的情书，趁着房里无人，他把情书推到洛伦佐面前，连哄带吓对他各种盘问。可洛伦佐涨红了漂亮的脸蛋仅仅说了句："单纯是姑娘倾心于我，我只收过书信，从未跟她讲过话。"不过，想到世人的指责，西米恩又进一步诘问，洛伦佐用落寞的眼神紧盯着他，责备似的扔下一句："看来就连你也觉得我是那种会撒谎的人。"说完便飞燕一般倏忽离开了房间。听对方这么一说，西米恩也觉得自己不该疑心太重，讪讪正要离开，却有人突然跑了进来，正是少年洛伦佐。他飞也似的上来抱住西米恩的头颈，喘息般喃喃道："是我不好。原谅我。"西米恩还没来得及答上半句,似乎是为了藏起泪水濡湿的脸庞,洛伦佐侧身一避像要推开他,头也不回地往来时的方向跑去。如此一来,他低语的这句"是我不好"究竟是为自己与姑娘私通道歉,还是因为对西米恩过于冷淡而感到抱歉,完全叫人丈二和尚摸不着头脑。

此后没多久就闹出伞匠女儿身怀有孕的事情,而且她还在父亲面前言之凿凿地说肚中孩子的父亲正是圣塔露西亚的洛伦佐。于是制伞翁火冒三丈,即刻告到了神父那里。事到如今,洛伦佐也是无以自辩。当天,神父以及众修道士在商议之后,决定将他逐出教门。如此一来,神父身边他自然也是不能留了,如何糊口立马就成了问题。然而,将他这样的罪人一直留在圣塔露西亚关系到天主的荣光。因此,平日里与他亲近的众人也只能眼泪往肚里吞,将洛伦佐逐出门去。

其中最为悲伤的,要数与洛伦佐亲如兄弟的西米恩。但比起洛伦佐被扫地出门的伤心,被他欺骗的事情更让西米恩备感愤怒。那叫人怜爱的少年在秋风瑟瑟中垂头丧气正要出门之际,西米恩从旁挥起拳头,重重打在他俊俏的脸上。洛伦佐受这大力士的一击,不由自主地跌倒在地,不久站起身来,含着泪仰望天空,用颤抖的声音祈求道:"请天主宽恕。西米恩对我所为并不知情。"西米恩估计是被他的话挫了锐气,有半晌只是站在门口,朝天挥舞着拳头。其他修道士也多般相劝,于是他便就此作罢,顶着一张暴雨将至的天空般愁云密布的脸,久久地目送着灰头土脸的洛伦佐从圣塔露西亚出门远去的背影。据在场的教众所说,当时秋风凛凛,夕阳恰好挂在颓然而行的洛伦佐头上,正要落入长崎的西天。而那少年的优美身姿,恰似立于漫天的火焰之中。

此后,洛伦佐的境遇与在圣塔露西亚祭坛上手提香炉之时天差地别。他住进城边上的非人小屋,成了一个可怜巴巴的乞丐。况且,他原先还是被异教徒鄙薄的基督徒,听说他进城时不仅被无知小童嘲笑,还屡遭刀杖瓦石袭击。祸不单行,据说他一度还染上了蔓延长崎城的可怕热病,在路边滚来倒去,苦苦挣扎了七天七夜。然而,"天主"的爱怜无量无边,不仅在那时救了洛伦佐一命,每次他讨不到米钱,都会让他找到山中果实或海中鱼贝等充饥。因此,洛伦佐不忘像过去在圣塔露西亚时一样晨昏祷告，手上所戴的念珠也不改青玉之色。何止如此，每天夜里到了更深人静之时，这位少年便悄悄离开城边的非人小屋，踏着月色前往熟悉的圣塔露西亚教堂礼拜，祈求主耶稣基督的护佑。

然而，同去教堂礼拜的教众这时已经完全疏远了洛伦佐，包括神父在内，没有一人怜悯他。这也难怪，从洛伦佐被逐出教门之时起，人人都深信他是个不知羞耻的少年。怎知他信仰之心如此坚定，竟夜夜独自上教堂礼拜。这也是天主千万无量神力的感召，虽说这么做也已于事无补，但洛伦佐此举确实动人心扉。

再看那伞匠的女儿，洛伦佐被逐出门后不久便产下未足月的女婴。即便她的老父亲再顽固不化，见到第一个亲孙女的小脸估计也是恨不起来，于是跟女儿一起好生抚养，不仅对孙女又拥又抱，有时还弄来人偶给孙女玩。老翁如此自然是人之常情，但稀奇的是修道士西米恩。那个连恶魔见了都要抖三抖的大男人，在制伞翁女儿生产之后，一得空便前来拜访。每次笨手笨脚地抱起婴儿，痛苦的脸上便眼泛泪花，怀念起自己像弟弟一般疼爱的洛伦佐那柔弱优雅的姿容。但只有伞匠女儿，似乎是因为洛伦佐出了圣塔露西亚之后从未来看过她，幽怨得唉声叹气，看样子就连西米恩的造访都让她心有不快。

正如本邦谚语有云，岁月如白驹过隙，一年多的时光转瞬即逝。意料之外的大难从天而降，一场大火在一夜之间将半个长崎烧成灰烬。当时的情景之惨烈，宛如末日审判的号声冲破漫天火光回荡四方，让人全身汗毛竖起。制伞翁的家不巧处在下风向，眼看着就被火焰包围了起来。家里人仓皇逃出门一看，发现伞匠女儿所生女婴不见踪影，肯定是逃跑时忘了她还睡在房中。于是，制伞翁捶胸顿足、大喊大叫，而他的女儿，若是没人拦着，恐怕为了救孩子已经奔入火海。然而，风势越来越猛，火舌怒吼着舔向天幕，似乎连星辰都在被燎烧。所以，城里为救火聚集起来的人们惊慌中只是吵吵嚷嚷，除了劝住疯了似的伞匠女儿之外别无办法。这时有一个人分开众人飞奔而来，那便是修道士西米恩。他看着是个枪林弹雨之下也能来去自如的魁梧壮汉，没等大家反应过来就已经勇猛地冲进火焰之中。可能是火势太大令他畏缩，只见他往烟幕中钻了两三回，便转过身一溜烟逃了出来，继而来到老翁与他女儿跟前说："万事天主自有安排。此事终究是心余力绌，只能就此作罢。"此时，老翁身旁不知是谁高喊一声"求主护佑！"嗓音听着耳熟，西米恩忽地扭头看向声音的主人，怎料那就是洛伦佐。清瘦的脸庞在红色的火光下熠熠生辉，被风吹乱的黑发已长过肩头，那楚楚动人的眉目一看便知是他无疑。洛伦佐还是一身乞丐打扮，站在人群之前，目不转睛地望着火势汹汹的伞匠家。转瞬之间，狂风吹起滔天烈焰，再看洛伦佐，早已蓦地冲进了火柱、火墙、火梁之中。西米恩不禁周身淌汗，高高地在空中画着十字，同时大呼"求主护佑！"此时此刻，西米恩的心中不知为何浮现出了洛伦佐在秋风吹拂之中沐浴着阳光走出圣塔露西亚大门的凄美身影。

然而，附近的教众虽为洛伦佐的英勇行为所震惊，但还是忘不了他过去破戒的事情。突然间种种批判之声乘着风势飘到了喧闹沸腾的人群上空。不知是哪些人，七嘴八舌地大声说："到底父女之情浓于水。这洛伦佐，为自身罪过感到羞耻，之前从未在这附近露过脸。今天为救他独生女一命，倒是冲进大火之中了。"连制伞翁都对这番话颇有同感，见到洛伦佐的身影之后，许是为了掩饰内心说不出的骚动，挣扎着一会儿站一会儿坐，扯着嗓子嚷的净是些蠢话。不过，伞匠女儿疯魔了似的跪在地上，两手捂脸，心无旁骛地凝神祈祷，身体一动也不动。空中的火星如雨点般落下，浓烟扫过大地，扑面而来。但伞匠女儿默然低垂着头，忘我地沉浸在祈祷三昧之中。

俄顷，再度聚集在大火之前的人们忽地一片哗然，只见洛伦佐一头乱发，双手抱着幼女，好似从天而降般出现在火舌四窜的火焰之中。然而，此时一根燃烧殆尽的房梁猝然从中间折断，伴随着一声巨响，浓烟烈焰滚滚迸向半空，洛伦佐的身影霎时无处可寻，独留火柱如珊瑚般耸然而立。

大祸当前，从西米恩到制伞翁，包括在场的教众们无不失魂落魄。伞匠女儿更是鬼哭狼嚎，一度纵身跃起，连小腿都露了出来，然后像是被雷击中一样拜倒在地。而这伏在地上的女子手中，不知何时紧紧地抱住了她生死未卜的幼女。啊！天主广大无边的智慧与神力，一切赞颂之词这时都显得苍白无力。烧断的房梁打中洛伦佐之时，他拼尽全力向外抛出的女婴恰巧毫发未伤地落到了伞匠女儿的脚边。

于是，伞匠女儿扑在地上，欢喜的眼泪哽住了她的喉咙。与此同时，高举双手而立的制伞翁口中淌出无数赞美天主慈悲的词句，声音庄严肃穆。不，看他那样子，说这些赞颂之词是溢涌而出也不为过。这边西米恩一心想救洛伦佐，径直跳入烈焰滔天的火海之中。于是制伞翁嘴中又换成了焦切痛心的祈祷之词，声音响彻夜空。不光是这老翁，围拢在这对父女身边的教众们全都流着泪齐声祈祷："求主护佑！"于是，圣母玛利亚的圣子、将世人悲苦视如自身悲苦的我主耶稣基督终于听到了众人的祈祷。你瞧，皮焦肉烂的洛伦佐已经被西米恩抱着从烟涛火浪之中救了出来。

不过，当天夜里发生的大事还不止这一件。奄奄一息的洛伦佐被教众们抬着来到位于上风口的教堂门前躺下。正当这时，一直怀抱幼女痛哭流涕的伞匠女儿跪倒在恰从门内走出的神父脚边，众目睽睽之下道出惊天忏悔："这女孩并非洛伦佐的骨肉。其实是我跟邻家异教徒之子私通后生下的女儿。"无论是她嗓音中懊悔万分的震颤，还是那双婆娑泪眼中闪出的光亮，都让人觉得忏悔中没有半句虚言。难怪并肩而立的教众们连熏天猛火都抛在了脑后，静得好像气都不出了。

女子敛住泪水继续说："我平素恋慕洛伦佐，可他信仰之心坚不可破，对我冷若冰霜。因而，我不由心生怨怼，于是假称腹中胎儿是洛伦佐的孩子，想让他也尝尝我的痛苦委屈。然而，洛伦佐品格高尚，毫不记恨我所犯大罪，今夜承蒙他不顾自身安危，从地狱般的火焰中救了我女儿一命。他的仁慈与风范，真可谓我主耶稣基督再来。即便如此，我自知罪孽深重，就算五体即刻被恶魔之爪寸寸撕裂也无半句怨言。"女子还没忏悔到最后，已经扑倒在地泣不成声了。

此时，里三层外三层聚在一起的教众之中，"岂非殉教""岂非殉教"的说话声此起彼伏。令人钦佩的是，洛伦佐因为怜悯罪人，踏循天主耶稣基督的圣迹，甚至沦落成乞丐也在所不惜。而被他尊为父亲的神父以及视作兄长的西米恩对他的用心也一概不知。如此若非殉教，又是什么？

但洛伦佐听伞匠女儿忏悔之时仅仅点了两三下头，他发焚肌焦，手脚都不能动弹，这时连话都已经一句也说不出来。因为女儿的忏悔，肝肠寸断的制伞翁同西米恩一起，蹲在洛伦佐头枕之处对他百般照料，但洛伦佐的气息越发短促，已经命不久矣。唯一较之平日不变的，是他仰望遥远天河的那双星辰般的眼眸。

未几，听罢伞匠女儿忏悔的神父站在圣塔露西亚的门前，白胡须在呼啸的夜风中飘动，他庄严地说道："自知悔改便是福，何必假借人手对这福气之人施以惩罚？今后更当以天主圣戒律己，静候末日审判即可。此外，洛伦佐行事志在以天主耶稣基督为范，其崇高德行，在本邦教众中亦是罕见。尤其是他虽为少年——"啊，这又是怎么一回事呢？神父的话说到这里戛然而止，好似望见天国之光，注视着脚下洛伦佐的身姿。不管是神父毕恭毕敬的样子，还是他颤颤巍巍的双手，都足以说明事情非比寻常。哎呀，他枯槁的脸颊上，还有泪水在止不住地涌出。

看呀，西米恩！看呐，制伞翁！这位俊美的少年，周身映在红过天主耶稣基督鲜血的火光之中，不出声地横卧在圣塔露西亚门前。他胸前那烧破的衣服下面，露出的是两只如玉般无瑕的乳房。而这皮肉模糊的脸蛋，也藏不住她自然流露的温婉。哎呀！洛伦佐是女人啊！洛伦佐是女人啊！瞧呀！在猛火之前站成一堵人墙的教众们啊，因为破了淫邪之戒被逐出圣塔露西亚的洛伦佐，跟伞匠的女儿一样，也是眼波流转的本邦女郎呀！

那一刹那的凛然肃穆，好比天主圣音从不见星光的迢迢天外传来。列于圣塔露西亚之前的教众有如风拂之下的麦穗，不约而同地垂下头，悉数跪在洛伦佐周围。这期间能听到的，唯有万丈火焰燃烧时回荡于天际的爆裂之声。不，此外还有不知谁人的啜泣声，是伞匠女儿发出的，还是自认其兄长的修道士西米恩？少顷，神父打破四周的静默，将手高高放在洛伦佐的上方，只听他诵经的声音，庄严而悲痛。诵经声停住之时，本邦一个名叫洛伦佐的青春少女，在暗夜的彼岸，仰望天国的光辉，将安详的微笑定格在唇上，悄然咽下了最后一口气……

关于这位女子的一生，除此之外我们一无所知。可那又如何？大凡人世至珍至贵者，是无可替代的刹那感动。烦恼心之虚空有如暗夜大海，能够在此掀起一阵波澜，于水沫中采撷未初升的月光，如许方可谓此生不枉。因而，知晓洛伦佐生命的最后时刻，不就通晓了洛伦佐的一生吗？

二

笔者藏有一本长崎耶稣会出版的书籍，题为 *LEGENDA AUREA*。大致意思是"黄金传说"，但其内容与西方所谓的《黄金传说》不尽相同。书中收录了他土使徒圣人的言行，同时收录本邦基督教徒勇猛精进的事迹，以此助力福音传道。

书籍分上下两卷，美浓纸材，上书草体汉字杂以平假名，字迹有欠鲜明，不知是否为活字印刷。上卷扉页印有横排的拉丁文书名，其下两行竖排的汉字写作"御出世以来千五百九十六年、庆长二年三月上旬镂刻也"。年代的左右绘有吹喇叭的天使画像。画技颇为稚嫩，但仍旧趣致可掬。下卷扉页除"五月中旬镂刻也"一句之外，其余与上卷全无不同。

两卷各约六十页，所载"黄金传说"上卷为八章，下卷为十章。此外，各卷卷首均有作者不详的序文以及标有拉丁文的目录。序文不算雅驯，间有类似英文直译而来的用语方式，乍看疑是出自西洋神父之手。

上文所录《洛伦佐之死》以该书下卷第二章为据，应该是对当时长崎某基督教堂发生之事作出的忠实记录。但文中所述大火，对照《长崎港草》等书籍后均无法证实其有无，因而无从判定事件发生的准确年代。

由于发表需要，笔者对《洛伦佐之死》作了些许润色。若得不损原文平易驯雅之笔致，便是笔者之幸也。

大正七年（1918年）八月十二日

蜘 蛛 丝

━ 一 ━

某日,佛祖释迦牟尼独自在极乐世界的莲池边悠然漫步。池中绽放的朵朵莲花洁白如玉,花朵正中的金色花蕊不断向四周飘散出无以言喻的醉人芬芳。此刻,大概正值极乐世界的清晨时分。

少顷,佛祖伫立在池畔,不经意地从遮蔽住水面的莲叶间向下看去。极乐世界的莲池下面恰是地狱的深渊,透过水晶般的池水,三途川①以及刀山的景色有如看洋片一般,清晰地尽收眼底。

这时,地狱深渊一个叫犍陀多的男人跟其他罪人一起挣扎的样子映入了佛祖的眼帘。这个犍陀多是个杀人放火、无恶不作的大盗。但即便如此,他这一辈子里面,还是做过仅此一件的好事。有一回,他在密林中穿行之际,看到一只小小的蜘蛛正在路边爬行。犍陀多立刻抬脚准备将它踩死,突然转念又想:"不行,不行,蜘蛛虽小,也有生命。无端夺去它的生命,实在是太过可怜。"他最终没对蜘蛛下杀手,饶了它一命。

佛祖看着地狱里的景况,记起了犍陀多放走蜘蛛的事情。进而又想,他既有如此善举,作为果报,若是可以就将他从地狱里解救出来吧。佛祖往旁边一看,幸而色如翡翠的莲叶上,一只极乐世界的蜘蛛正挂在

---

① 东亚民间传说中的冥河,分隔阴间与阳世。——译者注

漂亮的银色蛛丝上。佛祖轻轻取来这根蛛丝，让它从美玉似的白莲之间直直伸进下方遥远的地狱深渊之中。

二

再说这犍陀多，在地狱深渊的血池之中，跟其他的罪人一起浮浮沉沉。四下里一片漆黑，黑暗中偶有什么东西隐隐约约浮现出来，原来是恐怖刀山上的利刃在发光，让人看了别提有多害怕。况且周围有如墓中一般寂然无声，间或传入耳朵的，只有罪人们轻微的叹息声。恐怕是由于坠落此处的人已经因地狱里千种万般的折磨而精疲力竭，连发出哭声的气力都耗尽了。所以，任他是大盗犍陀多，也只能被血池里的血呛着，宛如濒死的青蛙似的只顾挣扎。

但是有一天，犍陀多无意间抬头望向血池的上空，寂静的黑暗之中，有一根银色的蛛丝，唯恐被人发现似的闪着一缕细光，从迢遥的天上顺顺溜溜地垂到自己的上方。犍陀多见了高兴得不由拍起手来。若是抓住这根蛛丝一直往上攀援，定能从地狱逃脱出去。岂止如此，顺利的话兴许连极乐世界都进得去。若是如此，就再也不会被赶上刀山或沉进血池了。

想到这里，犍陀多赶紧用两手牢牢攥住蛛丝，并始一把一把地拼命朝上攀。他本就是个大盗，做这种事情早就习以为常。

不过，地狱和极乐世界之间相距好几万里，不管他再怎么焦急，也不是轻而易举就能上去的。犍陀多爬了一阵，到底是累得一把也无法往上拽了。于是，无计可施的他只得先稍事休息，他把身体吊在蛛丝中间，放眼俯视下方。

不枉他拼尽全力一番攀爬，刚才自己还置身其中的血池，不知不觉间已经藏在了底部的暗黑之中。而那依稀放光的可怖刀山，此时也退到了脚下。照这样爬下去的话，说不定真能从地狱逃脱。犍陀多双手揪住蛛丝，用堕入地狱多少年来都未曾有的声音笑着说："太好了，太好了。"然而，他忽然发现，蛛丝的下方有不计其数的罪人跟在自己的后头，好似排成一列的蚂蚁，都在一心一意地往上攀。犍陀多见状又惊又恐,一时间只是傻呆呆地大张着嘴巴,只有眼珠在转。这么纤细的蜘蛛丝,只有我一个人拽着都担心会断裂,怎么能承得住那么多人的重量呢?万一中途断开,那好不容易爬到这里的最重要的我自己,也不得不重新倒跌回地狱。果真这样的话可就大事不妙了。可是,就在他思前想后之际,成百上千的罪人蠕虫一般从黑黢黢的血池底部,沿着纤细发亮的蛛丝排成一列,一个劲儿地向上爬。倘若不赶紧做点什么,蛛丝必定会从中间断成两截坠落下去。

于是,犍陀多大喝道:"喂,你们这些罪人。这根蜘蛛丝是我的,谁同意你们爬上来了?下去,下去。"

正当这时,此前一直好端端的蛛丝陡然间"噗"一声从犍陀多挂住的地方绷断。犍陀多也是措手不及,转瞬间像陀螺一样快速翻转起来,眼见着一头栽进了黑暗深渊。

独留极乐世界的这根短短的蜘蛛丝,闪着一缕微光,垂在既无星辰也无玉轮的半空之中。

三

　　佛祖站在极乐世界的莲池边，从头到尾凝神关注着这件事的发展。未几，见那犍陀多有如石头落水般沉入血池的底部，便一脸悲戚地重又踱起步来。犍陀多只想自己逃出地狱、毫无慈悲可言的心，以及因为这种心念受到相应惩罚再度跌回地狱的事情，在佛祖看来无不卑劣可鄙。

　　然而，极乐世界莲池中的莲花对这种事情毫不介怀。它莹玉般白洁的花朵，在佛祖的脚边悠悠荡荡地摇曳着花萼，花朵正中的金色花蕊不断向四周飘散出无以言喻的醉人芬芳。此刻，极乐世界大约也已临近正午了。

大正七年（1918年）四月十六日

路 西 法

天主初成世界,随造三十六神。第一巨神云辂齐布尔(中略),自谓其智与天主等,天主怒而贬入地狱(中略)。辂虽入地狱受苦,而一半神魂作魔鬼游行世间,退人善念。

——佐辟第三辟裂性中艾儒略答许大受语[①]

[①] 引自明代反天主教书籍《圣朝破邪集》中许大受所写的《圣朝佐辟》一文。此为艾儒略就天主教裂性对许大受作出的回答。——译者注

╚╗　一　╔╝

有一本驳斥天主教的书籍名叫《破提宇子》，知道的人应当不少。此书为元和六年（1620年）加贺的禅僧巴鼻庵所著。巴鼻庵最初是住在南蛮寺①的天主教徒，后因某种原因放弃DS如来②皈依佛门。就书中内容推断，此人堪称在老学、儒学方面颇有造诣的不俗才子。

《破提宇子》的通行本是在华顶山文库藏本的基础上，由杞忧道人鹈饲彻定③在明治元年（1868年）作序后出版。不过，此外也有其他版本的存在。譬如我所持藏书中的古抄本，与通行本在内容上多少有些不同。

尤其是该书第三段，论述恶魔起源的这一章，我的藏书在内容上远多于通行本。藏书在此段辛辣的驳

---

① 从战国时代基督教传入日本一直到德川幕府禁教为止，对建造在日本的南蛮风教堂的通称。——译者注
② 对天主（Deus）的日译。——译者注
③ 幕末、明治时期的净土宗僧侣兼佛教史家。——译者注

斥攻击之间，还特地引证了巴鼻庵亲身目击恶魔的记录。这一记录之所以没有出现在通行本中，恐怕是因其过于荒唐无稽，而该书标榜的是破邪显正的性质，为此被故意略去。

我将在下面介绍所持异本的第三段内容，聊以一瞥现于巴鼻庵眼前的日本恶魔（Diabolos）。另外，若有人想详细了解巴鼻庵，不妨找来新村博士[①]有关巴鼻庵的论文一读。

二

提宇子云，DS（天主）乃"灵性存在"，为无色无形之实体，充盈天地、不留罅隙。为赋善人以快乐，由是大显威光，于诸天之上创造极乐世界谓之"天国"。起初，于造人前先造出无量无数天人，名为天使，且未曾显其尊体。又定下天戒，令天人不可觊觎至高无

---

① 新村出（1876—1967），语言学家，当时是京都大学的教授。——译者注

上地位。若守此天戒，则应其功德得见DS尊体，永享极乐。若破此天戒，则堕入充满众苦之地狱，受尽毒寒毒热之苦难。天主造出天人还未过一刻，无量天使之中有一名为"路西法"者，夸耀其善，自称DS，劝天人敬拜于己。无量天使有三分之一追随路西法，多数不与其为伍。DS遂将路西法及其手下三分之一的天使驱逐下界，令其堕入地狱。即按天使高慢之罪论处，贬作名为"恶魔"的天狗。

若驳其谬误，提宇子所述此段内容，全然作茧自缚。首先，DS无处不在一说，疑为对佛祖真如法性本分充满天地、遍满六合之理的拙劣效仿。如此之事，可谓似是而非。提宇子岂非有云，DS"全知全能"，有三世了达之智？既如此，创造天使之际，不会不知天使将即刻犯下罪行。如若不知，便是空谈三世了达之智。而知其如此仍造天使，便是毫无慈悲。倘使DS全知全能，又为何造出会犯罪的天使？任凭天使犯罪而置之不顾，无异于创造天魔。创造无用天狗，碍人去往极乐又是为何？不过，不可说名为恶魔的天狗根本不存于世。此处所辩，无非是DS创造天使，天使再化作恶魔之理不通罢了。

恶魔的出现自不必说,提宇子言其为穷凶极恶之鬼物,仅此一点便甚为可疑。缘何?因我居于南蛮寺时,曾见恶魔路西法,他亲口道出自己并非极恶鬼物之理,并感叹人类不知恶魔者众多。勿说我巴毗耨受天魔愚弄而胡言妄语。慑于天主之名、不悟正法之明的提宇子才是愚痴至极。依我所见,神父之中庄严念祷"圣母玛利亚"云云者虽众,而恶魔路西法这般发表言论者却无一人。此番且将我与恶魔会面之事,即南蛮语所谓"圣经外典"粗略记录如下。

事情发生于何年何月,因无关紧要此处略去不说。某年秋季的傍晚,我独自漫步于南蛮寺繁茂的花木之中,反复思忖同为天主教徒的某贵夫人流泪忏悔之事。前几日,这位夫人曾告诉我:"近来有怪事发生。不知何人日夜在我耳边低语,问我何苦独守不解风雅的丈夫,还说世间有情儿郎千千万。且我每听闻其声,总会即刻神魂恍惚,恋慕男子之情难以遏止。然则,我并不祈愿与谁人交欢,只恨自己年轻貌美,空虚之感焦灼焚身。"当时,我为其解说宗教戒法并严正劝诫：" 那声音定是恶魔所为。总言之，恶魔有诱惑人类犯下七宗恶罪之力：一骄傲，二愤怒，三嫉妒，四贪婪，五色欲，六饕餮，七懈怠。无一不是致人堕狱的恶趣。因而，DS乃大慈大悲的源泉，反之，恶魔为一切诸恶的根本。真正信守天主教义者，绝不可接近恶魔爪牙。只可专心祈祷，仰赖DS圣德，免遭地狱业火焚身。"此外，我还将南蛮画中恶魔的狰狞形象细细道来，夫人亦终于识得恶魔厉害，全身战栗道："原来是有蝙蝠翼、山羊蹄、大蛇鳞的恶魔，虽目不可见，却踞于我耳畔私语，诱我坠入放荡恋情。"我走在幽暗小路上，两旁异国移植而来的不知名草木香气飘荡，心中反复思量此事原委，不经意间抬眼看向前方，距我不足十步处，有个人影好似神父。此身影不待我细瞧，已经如风而来并发问："你，可知我是谁？"我定睛一看，此人面黑有如昆仑奴，眉目不俗，身着长摆法衣，颈项上挂黄金饰物。我未曾见过此人便答曰不知，对方猝然讥笑般出言："我乃恶魔路西法。"我大吃一惊道："你怎会是路西法？我看你样貌与常人无异。蝙蝠翼、山羊蹄、大蛇鳞何在？"此人答："恶魔原与人类无异。画师自作聪明将我画作绝顶丑恶模样。我之同类尽皆与我一般,无翼、无鳞、也无蹄,更没什么古怪面相。"我又云："既为恶魔,即便与人无异,也仅止于皮相。汝等心中,恶毒的七宗之罪有如蝎蟠。"路西法再度以嘲笑的语气道:"七宗之罪在人类心中亦如蝎蟠。你岂不自知?"我大喝:"恶魔,退下!我心乃照映DS诸善万德之镜,并非你等身影停留之处。"恶魔大笑曰:"愚蠢,巴鼻庵。你唾骂我之心即为傲慢心,是为七宗罪之首。恶魔与人类无异,你便是实证。若恶魔确如尔等修道士所想,为极恶凶猛之鬼物,我们尽可将天下二分,与你的DS共治。有光明必有黑暗。DS与恶魔交替统治此世之白昼与黑夜亦未尝不可。然我恶魔一族虽性恶却不忘善。右眼虽见地狱之无间黑暗,左眼却至今仍不断远眺天上,渴羡天国之妙光。正因如此,我族虽恶却并非全恶,且屡屡为DS的天人所苦。你或许不知,在前日向你忏悔的夫人耳边低语邪淫之词者亦是我路西法。奈何我心过弱,最终未能诱惑夫人。只得每逢黄昏之时在其身边来去,凝视其珊瑚念珠及象牙似的手腕，如见绝美幻象。若我果真如你等修道士所惧，是凶险无道的恶魔，则夫人必不会在你面前流下忏悔之泪，当早已耽于不义之乐，成就堕狱业因。"路西法辩口利舌，我震惊于此无以应答，茫茫然只是盯住他黑檀般亮泽的面庞。他顿然抱住我的肩膀，悲戚地喃喃道："我之灵魂，每时每刻意图堕入地狱的同时，又无时不刻都不愿堕入地狱。你可知我们恶魔的此等悲惨命运？你看我欲将那夫人捕入邪淫陷阱却最终未尝所愿。我愈爱夫人的高洁，愈想玷污夫人，反之，我愈想玷污夫人，就愈爱她的高洁。如同你们屡犯七宗恶罪一般，我们也常欲行七种恼人美德。啊，引诱我们恶魔不断赴善的，究竟是否为你们的DS？抑或是高于DS的灵性存在？"恶魔路西法如此在我耳边轻语，只见其似要仰望薄暮天空，身影却倏忽如雾淡去，在绽出浅浅秋花的树木间踪影尽失。我仓皇奔至神父处，告之路西法所言，然无智神父反不信我。谓我有悖宗门教义，呵责数日。然恶魔路西法乃我亲眼所见、亲耳所闻，教我如何生疑？恶魔性善，绝非一切诸恶之根本。

啊,你这提宇子,不知恶魔为何,遑论创天地者之方寸。蔓头烦恼葛藤,且让我截断了事。咄。

大正七年(1918年)八月